TRANSCENDING
Space - Time

超时空拯救

雪城小玲 陈思进◎著

北京时代华文书局

U0562142

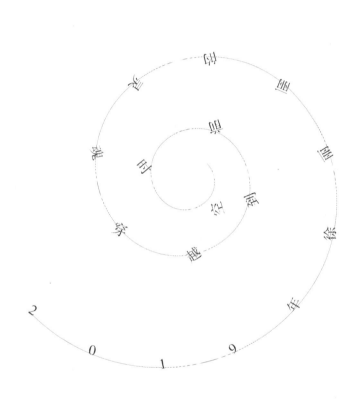

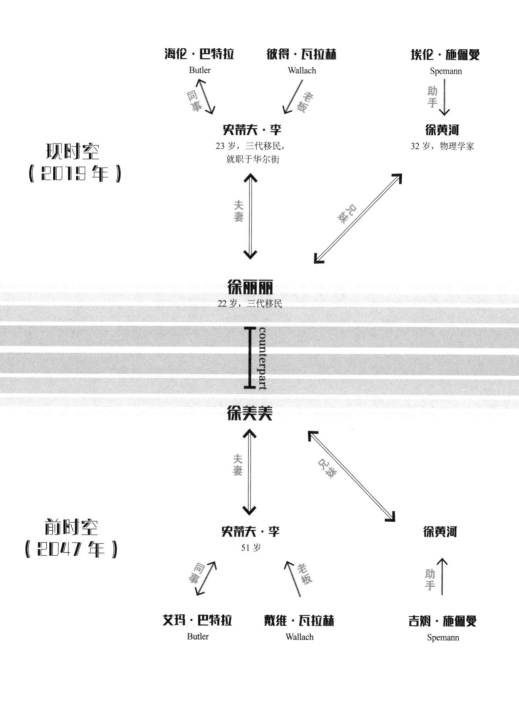

目　录
contents

楔 子

　　美国，纽约曼哈顿第23街的"烙铁大厦"，在巨大的地下室内，保密研究机构"平行时空科研所"，正进行着一项实验测试。

　　量子物理学家徐黄河，屏住呼吸，紧张地站在智能检测程序旁。他的助手、生物工程专家埃伦·施佩曼，面对巨大透明荧屏，抑制不住激动的心情兴奋地说道："徐，你看，人影出现啦……"

　　埃伦所指的"人影"，是空间的入口被接通后，来自另一个时空的回应。只见荧屏上一个人的身影时隐时现，就像冲洗胶片似的，渐渐地清晰起来。

　　待徐黄河仔细看时，此人眼睛细长，鼻梁高挑挺拔，嘴唇圆润，就像是自己老了以后的模样，尤其鼻尖左侧的一颗黑痣，跟自己的特征非常相似。他惊讶得嘴巴微张，情不自禁地自我介绍："Hello，你好！我叫徐黄河。我是'平行时空科研所'的科学家，研究量子物理时空超越。请问，你是……"

　　荧屏上的"人影"没有回答。

　　徐黄河紧张地等待着，眼睛一眨不眨地盯着荧屏，等待对方回应他。

埃伦忍不住了，朝着荧屏再一次呼叫："喂，喂，你能听见吗？"

"我听见了。徐黄河。我也姓徐，我叫徐长江。我跟你一样，研究的也是量子物理时空跨越。"

徐黄河一听。莫非，他就是我在不同时空的"Counterpart"（另一时空之中的对应人，即另一个时空中的"我"）？

想到此，徐黄河灵光一闪，急切地问道："徐长江，我这里是2019年12月22日，现在是早上11点10分05秒，你那里是——"

"我这里是2047年12月22日，现在是早上11点10分08秒。"徐长江回答。

徐黄河听了一怔。他看了一眼身旁的埃伦，眼里透出无以名状的欣喜和兴奋。他们在实验室窝了10年，反复进行了无数的试验，眼下终于有了重大转机：宇宙确实同时存在多个时空，至少在地球上并存着两个时空，除了他们这个时空以外，还存在一个"前时空"。

这样看来，徐长江生活的"前时空"，比他当下的时空整整早了28年，两个时空同时运行着。他越想越兴奋，着急地想要进一步验证自己的猜想：徐长江真会是"另一个时空"中对应的自己吗？

徐黄河开始叙说自己的故事："我18岁的时候，父母因为车祸去世了。我妹妹比我小10岁，我们兄妹俩相依为命——"

没想到，徐黄河这才开了个头，便被徐长江的话给打断了："唉，我也是。我父母也是因为车祸去世的……"

徐黄河急着想要印证自己的疑惑，带着惊喜的语气说道："我妹妹徐丽丽今年22岁，她刚好大学毕业，在电视台上班。"说罢，便等待着徐长江的回应。

然而，荧屏那边却沉默着。

原来在28年前，徐长江的妹妹徐美美也是大学刚毕业，便去电视台上班，因为意外事故而身亡。那年，她正好22岁。

所以徐长江听了徐黄河的话，心下暗想："如果徐黄河是另一个对应的自己，那么他妹妹也会发生同样的意外。"不过，他仅迟疑了片刻，便急忙说道："徐黄河，请你仔细看着我。我的鼻子左侧跟你一样，也有一颗痣。我敢断定，你就是那个对应的我。你比我小28岁。你听着，我的小妹徐美美去世了，那天是12月24日夜晚11点07分。"

徐长江的话音刚落，徐黄河顿时一怔，面色转喜为忧，他为妹妹的安危担忧起来。他心里清楚，却不愿承认这一事实。因为他生活的时空，将沿承"前时空"的时间线运行。也就是说，"前时空"发生的所有事情，28年后同样会发生在他的时空，妹妹会像徐美美那样遭遇意外。而且她剩下的时间，只有不到60个小时。

徐黄河不敢再往下想了，焦急地问道："请问，您有办法救她吗？我要怎么做，才能——"

徐黄河还未说完，荧屏上的影像消失，徐长江不见了。

埃伦马上检查智能检测程序，尝试着按了几次发射器，只换来荧屏"沙沙沙"的声响，人影没有再出现。

第1章

徐丽丽蹲在她父母亲的墓碑前，从巨大的旅行保温箱内，把一样样的供品像流水席似的拿出来：烤鸡、酱牛肉、熏鱼，外加三道菜蔬：咸菜炒毛豆、芹菜香干和番茄炒鸡蛋。

徐丽丽是美国土生土长的华裔，是"ABC"（American-Born Chinese），中国传统祭奠必需的供奉礼"三牲十二道菜蔬"，是她从网络上学来的。

她不太会烹饪，平时吃惯了三明治和汉堡包，最多拌个蔬菜色拉，便是一餐。"三牲"是她从中餐馆叫来的外卖，用以祭祀后土。"十二道菜蔬"则简化成"三蔬"，是她哥哥徐黄河告诉她的，这些都是父母生前喜爱的家常菜。

徐丽丽摆好祭品后，抬头对站在一旁的丈夫说："史蒂夫，请把酒瓶递给我。"

史蒂夫连忙说："丽丽，不是礼拜完毕之后，再祭酒的吗？"

这次的祭祖与往常不同，他来墓地之前，在网上阅读了一些资料。中国传统祭祖的礼仪和形式有些繁杂，要先在墓前供奉牲礼、十二道菜蔬、粿类及刘金、银纸、往生钱、香烛……摆放好祭品之后，还要烧香向土地公祭拜。如果是新坟，妇人还要哭号，磕头礼拜完毕，先烧刘金、寿金给土地公，再烧银纸给祖灵，纸钱烧完才在纸灰上洒酒，也称祭酒，最后鸣炮礼成。

然而这些祭拜祖先的传统礼仪，在纽约就不适用了，这里的墓地不准烧纸钱，也无法鸣炮。所以他们只能过滤繁复的过程，以最简单的方式来表达心意，像是焚烧银纸、往生钱和香烛，就只能以供奉鲜花来替代。不过在墓碑前祭酒，倒是无妨的，但也要等到磕头行礼后才行。

经由史蒂夫的提醒，徐丽丽低头一想，觉得他是对的，便不好意思地笑道："啊呀，我忘了。谢谢你！"

史蒂夫看着徐丽丽，无可奈何地数落道："看你这记性，我们已经简化了仪式你还记不住，要是把整套祭拜礼仪都用上，你怎么办？"

"谁能比得上你的记忆力呀。我不是有你吗，是吧？"徐丽丽娇嗔地说着，立刻挺直身体，开始行磕头仪式，完了站起来，双手合十朝墓碑拜了三下，然后站到一边，示意史蒂夫向她父母亲的墓碑行礼。

今天并不是清明节，他们来到墓地进行祭拜仪式，是要告诉九泉下的父母，他们上午去市政府办公室，办妥了结婚许可证，在法律上已经是合法夫妻了。其实他们自己都不清楚，是从什么时候开始恋爱的，因为从幼儿园起两人就是同学，小的时候彼此是对门住着的邻居。

史蒂夫拥有超强的记忆能力，但凡阅读过的书籍内容能精确回忆到每一页、每一行和每一个字。他所经历过的事件，具体的时间、地点、场景和人物，全都历历在目犹如刚发生，而且这记忆似乎永远不会抹去。他尤其擅长数学，电脑编程的能力超群，小学跳了两级，中学又跳两级，三年修完大学和硕士课程，是同学和教授眼里的天才。

史蒂夫的家庭背景并不显赫，祖父是早年来美国的中国移民，父亲也只是一名普通的机械工程师，母亲经营着一家中餐馆。他依靠奖学金念完杜克商学院，是"梅森投资集团"的顶尖交易员，华尔街上的传奇人物。

徐丽丽的父母去世后，他俩之间的友谊很自然地升级了。史蒂夫本能地像哥哥似的，每天早上等在她家门口，一起坐校车，一起去学校上课。

有一天放学后，他俩走在枝叶密布的林荫大道上，路边的鲜花争奇斗艳，不远处绿草如茵的操场旁，喷泉池的水柱时而涌起喷向高空，又像断了线的珍珠散落下来，水的拍击声连绵不断。徐丽丽拉着史蒂夫的袖子，情不自禁地大叫道："史蒂夫，喷水柱啦，好漂亮呀！"

不料，几个穿着蓬蓬裙的女孩子，看着好似天使一般，走在他俩后面却嘀嘀咕咕，然后很大声，像是故意说给徐丽丽听似的："我们不要跟徐丽丽玩了，她没有爸爸妈妈，是没有教养的东西……"

"是呀，你们看她，独霸着史蒂夫，讨厌死了——"

同班的一群男孩则在一旁高唱："徐丽丽是一个大女巫，她是人类的大恶魔，两眼喷射火焰，把大家烧成肉饼，用魔法水把孩子变成老鼠……"

史蒂夫一听，那段话来自罗尔德·达尔的儿童读物《女巫》。故事说的是一个英国大女巫，她交代手下的小女巫，必须在下一次召开女巫大会之前，杀死英国所有的孩子。有一个女巫奋力反抗，大女巫两眼喷射火焰将她烧成肉饼。众女巫不敢违令只能答应。一天，大女巫向女巫们做示范，用巧克力引诱一个名叫布鲁诺·詹金斯的孩子来到会议厅，然后用魔法药水，把詹金斯变成了一只老鼠。

眼下，班里的女同学这样欺负徐丽丽，史蒂夫的心里虽然气愤，但是他父亲说过，是男人就不该跟女人置气。可是对那帮坏小子就不一样了。他们这样恶意诽谤徐丽丽，他不想轻易放过他们。他两眼冒着火焰，挥起一双小拳头，像一头雄狮那样，扑向唱歌的男同学。

男生们打成一团，史蒂夫寡不敌众，被打得鼻青脸肿的，又跌倒扭伤了手腕。徐丽丽在一边看着，急得操起一根树枝，用尽全力，拼命驱赶那些挥舞拳头的男同学。

女孩子们则尖叫欢呼，兴奋得大叫："徐丽丽是个小女巫，小女巫要打人了……"

男孩子们更是高声大叫："快来人呀，小女巫要杀人啦……"

混乱之中，一个女孩子尖叫道："快跑，大家快跑，班主任来了。"

孩子们听见这一声尖叫，撒开腿，像一阵风似的逃走了。

史蒂夫从地上爬起来，他非但没有逃跑，反而拉着徐丽丽的手，迎面走向班主任。他挥动着受伤的小手大发脾气："布朗先生，我要起诉这个学校，起诉你们老师管理不当，害我的手腕受伤，告那些王八蛋侮辱罪，让徐丽丽背负女巫的骂名。我们要求赔偿精神损失。"

徐丽丽望着史蒂夫，感觉内心很充实，很完整。她心里所缺失的某种东西，过往的一些遗憾，好像都被他填补了。

布朗先生发现情况不对，他想先发制人尽快平息事件。在学校的地盘上发生学生斗殴，无论怎么解释，学校和教师有无法推卸的责任。史蒂夫是一个天才学生，他的聪明才智远超人们的想象，整个学校的师生都知道。想他一个10岁的孩子，已经说出成年人的话了，这要较起真来，天知道会折腾出什么麻烦呢。

于是布朗立刻问道："史蒂夫，你哪里不舒服？我陪你去医务室检查一下。人小鬼大的——你懂什么叫精神损失赔偿吗？起诉这个词，你能随便乱说吗？那是要负法律责任的。你懂吗？"

果然如布朗所预料。

史蒂夫听了布朗的话，从脖子上一把扯下钥匙扣，不服气地说："我没有乱说话，我这里有证据。"

史蒂夫佩戴的这个钥匙扣，是一款微型录音机，可以持续录音三十六小时，他总是带在身上保持录音的状态。每一天，微型录音机会记录他去过的地方，与别人聊过的话……

说起来，史蒂夫是想以自己的超记忆能力，逗徐丽丽开心的。只要她心情烦躁，或是想念父母了，他便打开录音机，两个人像玩游戏似的，她随机说出时间，他则回答那个时段的场景和对话，几乎一字不漏。

徐丽丽往往会瞪大眼睛，惊异万分，兴奋之情溢于言表："史蒂夫，你太神奇了，你是怎么做到的呀？"

每当看见徐丽丽兴奋的模样，史蒂夫便暗自得意，是他转移了她的注意力。至少她看起来不那么悲伤了。他却板着脸，耸耸肩膀，刻薄地呛她一句："谁叫你这么笨呢。"

布朗对个中原因毫不知情，但他也是懂点法律常识的。虽然从史蒂夫的录音片段里，揭示了孩子们打架的事实真相，可是在对方不知情的前提下提取证据，是不能作为呈堂证供的。倘若今后再发生类似的情况，史蒂夫想要上诉的话，便可以出具录音内容作为证据。因为大家都知道了，史蒂夫随身携带着微型录音机。

布朗急于息事宁人，连忙宽慰史蒂夫："孩子，这件事情交给我来处理，我保证让你满意。"

布朗找来惹事同学的家长，一一通报事件的真相，请他们务必管理好自己的孩子，不然极有可能会惹上官司。

自此之后，班里的同学不再叫徐丽丽"女巫"，更不敢去招惹史蒂夫了。本来史蒂夫跳级两次，课业好到没有朋友，到头来，还是只有徐丽丽这一个玩伴。

也只有他，知道她内心的痛楚。

徐丽丽自从父母去世后，就没有真正地开心过。学校召开家长会，别的同学都是父母去参加，徐丽丽的家长只能由哥哥徐黄河替代。过生日同样是举办生日派对，别人全由父母操持，徐丽丽因为哥哥的课业重，生日蛋糕是史蒂夫的母亲烘焙的，丰盛的菜肴也是史蒂夫母亲给置办的，还邀请班里的同学去为她庆贺，并拍摄视频留做纪念……直到史蒂夫的母亲因病去世。

噩耗传来的当天，徐丽丽正在家里写作业，她扔掉手里的铅笔，一口气冲到史蒂夫的家里，默不作声，陪在他的身边。她经历过失去亲人的痛楚，知道他有多么悲伤。

那一年，他14岁。

李家突然失去了女主人，史蒂夫的生活规律全被打乱了，家里发生了巨大的变化。刚开始的一段时间，他父亲相当地悲伤，除了上班的时候头脑还算清醒，回到家便借酒浇愁，晚餐是有一顿没一顿的，这就害苦了史蒂夫。他尚处在身体发育的阶段，吃多少都觉得肚子饿，更别说这有一顿没一顿的生活了。

这一切全被徐丽丽看在眼里，常常给他们父子送去三明治、一小锅豌豆虾仁蛋花汤。这还是史蒂夫的母亲教会她的，也是她能做的为数不多的几个菜肴之一。

而悲伤的情绪是会传染的。3年多来，史蒂夫的父亲无法走出丧妻之痛，史蒂夫的情绪也跟着低落，脾气变得异常暴躁。走在大街上被人无意碰一下，他也会破口大骂，甚至跟人家大打出手。

也是从那个时候开始，史蒂夫开始翘课，去拳击俱乐部练习拳击，报名参加跆拳道训练。但凡他不感兴趣的课程，像是历史课和写作课，他就懒得去学校，索性窝在家里玩电脑。

徐丽丽没办法。她只能偷偷地溜进史蒂夫的教室，冒充他去签到，然后耐着性子等下课。这反倒培养了她对文学的爱好。

最让徐丽丽伤脑筋的事情，就是只要她的身边有其他男生，史蒂夫必定会跟对方干上一架。他之所以没有惹上大麻烦，因为总是被别人打得鼻青脸肿，也不还手，倒像是故意找揍挨似的。这痛在他的身上，却疼在她的心里。

史蒂夫的身上累累伤痕，有一天早上，终于唤醒了父亲对他的关注。

"对不起。"父亲愧疚地看着史蒂夫，低头对儿子嘟哝了一句，又问道，"早餐吃了吗？"

史蒂夫一怔。3年多来积压在他内心的委屈、苦闷、焦虑、不安和悲伤，顿时化作两行热泪，顺着脸颊流下来。他明白，他父亲是爱他的，只是无法忘记他母亲。

18岁生日刚过，史蒂夫便入职华尔街。他的超强记忆力让他在职场占尽优势，短短的3年，他业绩突出，引人注目。同时，他还有着一长串与人发生冲突的纪录，火爆的脾气却一点也没有随着时间的流逝而改变。

最有意思的是有一天，史蒂夫冲进交易大厅敦促他的同僚，卖出几天前刚买入的一笔债券。

"为什么？现在卖只赚两亿短期利润。"同僚不同意。

"白痴。我计算过了，现在卖掉能赚三亿美元！"史蒂夫的脸上带着蔑视，一副"你懂什么"的表情。

"我要再等等。"

同僚的坚持触怒了史蒂夫，经过几分钟的持续争论，他怒吼着把对方逼出交易大厅。在过道的走廊上，他挑衅道："好吧，让我们来解决这个问题。"说罢，便俯身冲向同僚，把对方撞到过道的另一边，脸上满是鼻血。

不过后来的事实证明，史蒂夫的判断是正确的，就因为同僚的固执己见，公司为此少赚一亿美元。史蒂夫受到上司的重用，那个同僚被公司无情地解雇了。

史蒂夫脾气火爆，不擅长家务活儿，连三明治都做不好，简直笨拙得要命。徐丽丽却并不在乎这些，他生活上的种种短处，反倒成为她疼爱他的理由。

徐丽丽一直盼望快点长大。大学一毕业，她经历了一番寻寻觅觅的劳顿奔波，5个月之后，终于跨进心仪已久的新闻行业，被全美环球电视台聘为记者，拥有了一份让同学们羡慕的职业和可观的收入。

徐丽丽感觉自己是这世上最幸福的人，现在她有足够的底气，去追求一切自己喜爱的东西，包括拥有和史蒂夫的婚姻。她迫不及待地想要嫁给他。

昨天下午，长达6个月的等待终于有了回复，他们接到市政府办公室的通知，批准他俩去领取结婚证书，并进行结婚仪式。当时，他们不约而同地想到了，要来墓地告诉父母亲，他们结婚了。

好在他们原本同住皇后区，史蒂夫的母亲和徐丽丽的父母，都葬在圣约翰公墓。他们完成了祭奠父母的仪式，徐丽丽抬腕看表，发现时间不早了，嘴里嘀咕了一句："我哥怎么还不来呢？"

这时，徐丽丽听见手机短信铃响，断定是她哥哥发来的，便从口袋里拿出手机一看，只见短信上写着：速回家，我有要事和你商量！

第2章

徐黄河低头想着心事，走在曼哈顿的第六大道上，急急忙忙地往家里赶，心情十分复杂。

作为一个科学家，他发现这个地球同时平行运转着另一个时空——"前时空"，也与"前时空"对应的自己联系上了。他本是欣喜若狂的，然而"前时空"发生过的事件，在当下的时空也会重复一遍。这就意味着还有不到3天，发生在徐美美身上的意外，也将出现在徐丽丽的身上。

徐黄河心头一紧，不由得自问：究竟是怎样的意外，夺去了徐美美的生命？不弄清楚事故的前因后果，也就无法预防意外的发生。

徐黄河大他妹妹10岁。徐丽丽8岁那年，他们的父母遭遇车祸同时丧生。不幸发生的当天，他们的父母亲开着车，去参加徐黄河的高中毕业典礼，惨剧就此发生。

徐黄河为此一直很自责。每逢年幼的妹妹哭喊着要"爸爸妈妈"，他难过得恨不能也死掉算了。那个时候，他被死亡的力量拉扯着，整日恍恍惚惚。直到意识到，他必须替代父母的空缺，成为妹妹的生活依赖，心中的负罪感才渐渐消失。

他们慢慢恢复了生活常态。他要照顾妹妹的日常起居；去超市购物的时候，他把妹妹往购物车上一放，推着购物车先在商场内转一圈，再开始挑选商品；晚上，他替代母亲的角色，给妹妹阅读睡前故事；学期结束他又代表家长，去妹妹的学校开家长会，课业再忙，也不曾缺席过。今天是妹妹结婚的好日子，他该怎样把这个坏消息，告诉她和史蒂夫呢？

他很茫然。

第3章

　　徐黄河租住的公寓距离科研所不远，位于曼哈顿最热门的切尔西街区，走两条大街便到了。快到家门口的时候，他闻到一股诱人的香味，从街边的面包店散发出来，便不由自主地走进店内。

　　今天是他妹妹大喜的日子，原本约好在父母亲的墓地与他们会合，然后一起去餐馆庆贺。现在妹妹的生命以分秒来计算了，他得赶紧拿出一个可行的方案来，方可挽救她的性命。时间紧迫，餐馆吃饭是来不及了，他决定买些点心和咖啡，来招待他们。

　　所以，当徐丽丽和史蒂夫一推门进房间，便发现气氛不对，桌上摆满了咖啡、面包和蛋糕。徐黄河一改往日沉稳的做派，坐立不安，一副措手不及的样子。他表情怪异地指着桌旁的椅子，也顾不及说些吉利的话，祝贺一对刚结婚的新人，只是客气地说道："小妹，史蒂夫，你们坐下，我有话要说。"

　　"徐黄河，你神秘兮兮地搞什么鬼？今天是我结婚的日子，你把我叫回家来，就请我喝咖啡吗？"

　　徐丽丽发急的时候，便会没大没小的，直呼她哥哥的大名。直觉告诉她一定发生了严重的事情。她哥哥做事情向来严谨，不会轻易改变计划，脸色还相当地严肃。

徐黄河听了妹妹的话，无奈地笑了笑，看上去比哭还要难看。

一旁的史蒂夫不耐烦了，忍不住地说道："黄河，你有什么话，就快说吧。"

徐黄河这才对妹妹比画道："小妹，你还记得小时候，我们曾经围绕宇宙大爆炸、黑洞、虫洞、引力波和量子纠缠，讨论过宇宙的奥秘，诸如平行时空吗？"

徐丽丽调皮地头一歪，毫不犹豫地说道："是啊。我对量子纠缠印象最深，它被称为上帝效应，是科学中最奇特的现象，可以把人隐形地传送到任何地方。"

"黄河，你刚才提及平行时空，我就不信，你难道发现另一个时空了？"史蒂夫好奇地发问。小的时候，他经常参与他们兄妹的讨论，对宇宙星空也很感兴趣。徐黄河平时回到家里，从来不谈科研所的实验项目，不过他能猜出个八九不离十，他的科研项目与平行时空有关。

徐黄河看了看妹妹，又斜睨了一眼史蒂夫，心里暗想：从今天起史蒂夫就是他的妹夫，已不再是外人，有关妹妹的生命安全，史蒂夫有权知道事实真相，而且他也需要史蒂夫协助自己救妹妹。所以他沉着地点点头，压低声音，叙述了实验室发生的情景，最后归纳道："是的。地球上同时存在两个时空，另一个时空比我们早了28年，暂时被我命名为'前时空'。我——"

徐黄河吞吞吐吐地说到此，内心太纠结，小妹今天刚结婚，这是她生平最幸福的时刻，现在就告诉她实情，她即将遭遇不测，这太残忍了。他实在是说不出口。

谁知，徐丽丽听她哥哥说到此，已经兴奋地叫了起来："哇，这太刺激了，哥。我能去'前时空'吗？如果我能像闪电那样，穿越到另一个时空去，岂不是创下人类奇迹了？"

徐黄河烦躁地呵斥道："你着什么急呀，先听我把话说完，行不行？"

"哥，你怎么啦？我没有着急呀？"徐丽丽吃惊地瞪大眼睛，不明白哥哥为什么发脾气。

史蒂夫也觉得很奇怪。徐黄河非常宠爱徐丽丽，今天他们结婚这么重要的日子，他突然改变计划已是相当反常了，此时说话又吞吞吐吐，缺乏耐心，便不自觉地朝徐黄河看过去。

徐黄河也发现自己失态了。其实他在生自己的气。妹妹是他唯一的亲人，她马上就要发生意外，他却束手无策，焦灼的情绪溢于言表。

忽然，徐黄河两眼一闪，脑海中产生了一个大胆的想法：把妹妹的意识传送去"前时空"，查清楚徐美美发生意外的细枝末节，再返回他们生活的时空，只要稍加修改妹妹的生活轨迹，就很有可能避免意外了。因为时空是一条流畅的大道，随时可以与物理世界相互交汇，只要找到办法在这条大道上行进就行了。

想到此，徐黄河顿时兴奋起来，便问妹妹说："你有兴趣去'前时空'吗？"

徐丽丽不假思索地回应说："你问我有没有兴趣去'前时空'？天啊，我当然愿意了。这太刺激了。我正愁写不出抢眼的报道呢。要是让我参与实验，这本身就是独家的重磅新闻！"

"不行。这是人类史上的第一次量子隐形传送实验，不知道会出现什么样的状况，必须严格保密。如果这次实验很危险，风险巨大，你也敢参与吗？"徐黄河询问妹妹的同时，也在拷问他自己。

他舍得妹妹成为试验的对象吗？

第4章

下午3点40分。

在"前时空"的科研所，徐长江因为担忧徐丽丽的安危，盯着全息电脑上的数据报告，沉思良久。留给他和徐黄河的时间不多了，必须尽快找到营救她的方案。昨晚上，因为连续测试，他熬了一个通宵，吃了午饭后，便有些犯困，于是去冲了一杯咖啡，尽量让头脑保持清醒。

吉姆也是异常焦急，想他们几十年来如一日的，除了吃饭和睡觉，窝在实验室探索着宇宙奥秘，试图发现多重时空，几乎没有其他的生活。他们的梦想和终极目标，就是利用科研成果改变人类的文明进程，从而转变人的命运。而颇具戏剧意味的是，发现了平行时空的科学家，竟然连自己的亲人都无法拯救，又谈何改变全人类呢？3个多小时之前，他们与另一时空的联络突然中断，徐长江的脸色马上阴沉下来。吉姆非常理解上司的心情，渴望救助徐丽丽脱离险境。

时间毫不留情，"滴答滴答"地悄悄溜走了。

吉姆不得不使用大型智能检测程序，不断向卫星发出一波又一波的脉冲，期许"11维度"连接其他时空的层膜，也就是和当下时空平行的另一个时空，能够像涟漪一样产生震动。

突然，吉姆看到了涟漪效应。这一现象解释了宇宙的物质分布，从其他维度中，泄露了另一时空的维度重力。他脸上露出了笑容，立刻对徐长江说："徐，我们又和徐黄河联络上了。你有话赶快说。"

徐长江的脑海中已经拟定了一套计划：联合徐黄河进行一次实验——Quantum Teleportation（"量子隐形传送"），把徐丽丽的意识传送到"前时空"来。

在徐黄河的公寓里，史蒂夫凝视着徐丽丽。他从来没有像这一刻，这样认真地端详她。

徐丽丽头戴一顶灰色绒线帽，上穿一件灰色的套头毛衣，配一条紧身牛仔裤，脚蹬一双蓝色运动鞋，一副精神抖擞的样子。她的脸部轮廓像极了徐黄河。不过与徐黄河所不同的是，她有着一双灵动的眼睛，长长的睫毛向上卷起，柔软的嘴唇微微地翘着。

他爱徐丽丽，宁可自己去"前时空"探险，也决不愿意让她冒这种风险。

不料，徐丽丽却异常坚决地说："哥，科学实验总是需要冒险的，我愿意接受挑战，去畅游一回'前时空'。"

史蒂夫瞥了徐丽丽一眼说："算了吧。要去也轮不到你，我是男人应该我去才对。"

"现在男女平等了。我也要去，我们一块儿去。"徐丽丽笑道。

徐丽丽说了些什么，徐黄河一点都没有听进去，他只听见了史蒂夫的话，心里颇感安慰。史蒂夫体格强壮，身体素质比起他的妹妹，更适合这次试验。不过史蒂夫在"前时空"的对应之人，目前是什么情况还不知道。他必须尽快调查清楚。

想到此，徐黄河的眉眼舒展了开来，立刻说："那好，史蒂夫，时间不等人，我们去科研所吧。"

徐丽丽翻了一下白眼，盯着徐黄河说："哥，你着什么急啊？我们说好午饭去餐馆的，今天是我结婚欸。"

"对不起，小妹。生孩子不等人，跨越时空也一样，我们要做许多准备工作，耽搁不起时间。"徐黄河说罢，想了一下说："要不这样，你们去餐馆庆贺，我先去实验室。我欠你们的情以后补。吃完饭给我电话，我来接你们。"

徐黄河一边说着，一边急忙朝门外走。

史蒂夫见徐黄河关上房门后，便对徐丽丽说："你有没有发现？黄河今天很不对劲，他这辈子的奋斗目标，就是发现平行时空的确存在。现在他的梦想实现了，却一点都不兴奋。为什么？你不觉得奇怪吗？"

徐丽丽当然感觉到了。她只是太高兴了。在她结婚的喜庆日子，得知这个地球上并存着另一个时空，就已经够刺激的了。她还有幸参与跨越时空的实验，这是人类史上的一大奇迹，只有在科幻小说里发生的情景，落在了自己身上。这是她哥哥送给他们的特殊礼物。

徐丽丽这样想着，内心充满幸福和快乐！至于她哥哥的反常举动，她想留着慢慢去弄清楚。

第5章

纽约曼哈顿，可能是全世界唯一在圣诞节期间，沉浸于它自身典型的喧嚣声而散发出魔力的大都市。

Rolf's是典型的具有德国乡村风格的餐厅，每年的12月，与洛克菲勒中心的滑冰场一样，是纽约客不可不去的景点。餐厅内，日耳曼人偶和绿色花环仿佛黑森林树枝般，穿过前面的吧台一直伸展至大厅，数百种装饰灯耀眼闪烁，一派圣诞节的壮观景象。在举国同庆的节日里，Rolf's餐厅除了喧闹的欢呼声之外，还提供德国啤酒、味道极好的五香蛋酒，以及人们喜爱的季节性烤乳猪，更少不了招牌菜维也纳炸肉排、香肠拼盘、肉饼、蒸贻贝和苹果薄饼，包括孩子们最爱的脆皮马铃薯煎饼。

"梅森投资集团"的小范围圣诞派对，就安排在Rolf's餐厅，出席者不是公司的高管，就是业绩突出的少数几位员工。

"梅森投资集团"的董事长兼总裁彼得·瓦拉赫已经就座，他不时地抬腕看表：4点35分，请柬上分明写得很清楚，宴席4点30分开始，眼见着已经过了5分钟，其他人全到齐了，除了史蒂夫的座位还空着。

彼得在其他部门高管的注视下，拿起桌上的手机，向邻座道了一声

"对不起"，起身便往外面走去。他穿过灯光闪耀的灯饰走廊，来到餐厅的吧台旁，站定后，按下电话键。

彼得的秘书贝尔·罗斯追了出来，发现上司正在打电话，便好心地提醒道："彼得，史蒂夫今天结婚，他不会来了吧？"

彼得已经听见对方的电话铃响，却匆忙地收起手机，不满地瞥了罗斯一眼，说："这小子向来很守时，他不来参加派对，也该给我来个电话。算了，不管他，我们开始吧。"说完，他低声地骂了一句："这个该死的混蛋！"

第6章

在"烙铁大厦"的大堂内，徐丽丽和史蒂夫走在徐黄河的身后，在警卫处登记之后，领到两张进出大楼的临时证件。他们经过两条甬道，又过了两道关卡，终于坐上通向地下室的电梯。

在电梯旁的一个凹陷处，徐黄河把大拇指按在上面，电脑确认是他的指纹之后，电梯门徐徐地关上了。

……

3个人来到了科研所。徐黄河安排他们坐进接待室，然后说："你们先休息一下，我去叫埃伦来，他会给你们做体检。"说完，便离开他俩。

徐黄河独自去了实验室。

埃伦见了徐黄河，眉眼一开，马上说道："徐，你终于回来了。徐长江的呼叫来了，你看。"

他们紧盯着荧屏。像上次一样，荧屏上渐渐地出现了人影。徐黄河着急地问道："长江，长江，你能听见我说话吗？"

"黄河，我能听见，我能听见。"

"长江，我们长话短说。我想做一个实验。我想——"徐黄河不想浪费时间，大胆地提出酝酿了很久的想法。

真是心有灵犀啊！

在过去的5个多小时里，徐长江研究了各种营救徐丽丽的方案，其中有一个方案，就是改变她的生活轨迹。而要做到这一点，必须梳理清楚他妹妹——徐美美的时间线。她妹妹出事那天，一直和詹姆斯·李待在一起，凭着詹姆斯的超强记忆力，完全有能力整理出一条完整的时间线。

所以，徐长江打断徐黄河的话，迫不及待地建议说："对不起，我正要跟你说这件事。我想进行一次'量子隐形传送'实验，帮助你妹妹摆脱危险。但是我需要她的配合，我们共同来整理出一条时间线。我的妹夫詹姆斯·李记忆力超群，他可以帮助我们。"

徐黄河一听，敏感地联想到史蒂夫也姓李，便断定詹姆斯就是"前时空"那个对应的史蒂夫，顿时有些许的失落。他原本隐藏着私心。如果让史蒂夫参加实验，那么妹妹就不用冒风险，毕竟谁也料不准在实验过程中，会出现什么样的状况。现在看来，非得她亲自参加实验了。

他深知一条物理学的定律：如果"前时空"的人还生存着，其他时空对应的那个人的意识，是无法跨越过去的。他心里虽说有些遗憾，但是眼下的办法比没有办法要强多了。所以他立刻回应说："我妹妹徐丽丽愿意参加实验，她已经做好了思想准备。"

徐长江一听徐丽丽同意加入"量子隐形穿送"实验，这暗合了他的心意："徐丽丽和詹姆斯是最理想的实验搭档，现在的重点应该是技术问题了。"

由于徐黄河所在的时空，立体打印技术尚停留在4D阶段，还没有发展到5D的成熟水平，他们的生物遗传学相比"前时空"，也落后28年，因而无法产生身体克隆，也就不能接受意识瞬息转移。

想到此，徐长江说："我们的克隆技术，能够接受丽丽的意识瞬息转移。但是她来到'前时空'以后，她的克隆体能否保持生理、以及心理的同步变化？细胞变化处于什么状态？心肺功能是否正常？身体的代谢变化究竟如何？脑部会不会短暂缺血？这一切的一切，必须经过试验才能确定，这方面吉姆是专家，请他来给你解释吧。"

此时，站在徐长江身旁的吉姆，连忙上前一步介绍说："长江，是这样的。虽然美美去世了，但我们的血库银行还有她的血样，我只需抽取一滴血样，触发体外培养机制使其增殖，随后将靶细胞嫁接上蛋白凝胶，它们便可自我复制，成为美美的克隆体。这个克隆体就像是一个接收器，虽说大脑内只有无意识的运动机制在活动，不过只要丽丽的意识穿越来到'前时空'，便可直接进入美美的克隆体。到时候，我会指导丽丽控制克隆体，希望她能像正常人一样自由活动。"

关于实验中的技术难关，徐黄河是绝对相信徐长江的。因为他所走过的每一个步骤，无不重复着徐长江的脚印。因此，他马上询问道："实验什么时候开始？我们时间有限，必须尽快进行实验！"

徐长江回应道："我知道。让我们一起加油！你的担子可不轻啊。一定要在实验之前，做好徐丽丽的心理调适。"

他们约定：随时保持联络，就实验的方方面面，一一落实操作细节！

徐黄河也意识到了，他不得不向妹妹吐露实情。然而这对于他来说太艰难。这样想着，他对身旁的助理说："埃伦，丽丽和史蒂夫在接待室，你和我一起去，给丽丽做体格检查的同时，配合我把将要进行的实验过程，告诉她。"

埃伦神色变得严峻起来，默默地点头。

第7章

傍晚5点30分，天色开始黯淡下来，史蒂夫陪伴着徐丽丽，又来到圣约翰公墓。

他俩的心情相当沉重。刚才在科研所的接待室，徐黄河的一番话言犹在耳，令他们震惊万分。

当时，史蒂夫就觉得很奇怪，原本徐黄河已经答应了，由他替代徐丽丽去做试验。不然，他也进不了安检严密的科研所。结果却只有徐丽丽可以去"前时空"。

史蒂夫不服气了。他质问徐黄河："为什么？丽丽是我的妻子，她不是白鼠，我不同意她参加试验。"

徐丽丽听了史蒂夫的话，露出了欣慰的笑容。史蒂夫平常一副冷酷的模样，有时候她想依赖他，也不愿意说出来，担心他会产生反感。没想到临去"前时空"了，他竟然因为她的安全，宁愿自己去冒险。

可是史蒂夫的话，在徐黄河听来就觉得不舒服了。他看着史蒂夫反驳道："史蒂夫，丽丽是我妹妹，我唯一的亲人，你说，我会拿她当白鼠吗？"说完，立刻掉头对徐丽丽说："小丽，别担心，到了'前时空'，徐长江会照顾你的。他是'前时空'那个对应的我，你见着他就知道了。"

徐黄河安慰着徐丽丽，可是话一落地，他马上就后悔了。他知道，妹妹一定会要求见徐美美。

果不其然。

徐丽丽一听，立刻兴奋地问道："徐长江？哇，太好了。这样说来我能看见他妹妹啦？也就是那个对应的我？她的名字叫——"她好奇地刚想问下去，便看见她哥哥奇怪的表情。

徐黄河看了看埃伦，犹豫着要不要说实话。

埃伦不忍心隐瞒徐丽丽了，便打破沉默说："丽丽呀，事情不是这样的。"

"徐黄河，你有话快说，有屁快放。这到底是怎么回事？"史蒂夫早就想发飙了。今天他们结婚大喜的日子，徐黄河一反常态，从早上到现在说话吞吞吐吐的，凭直觉就知道其中必有隐情。

徐黄河眼见瞒不下去了，便看着妹妹无奈地道出了实情："小妹，她——徐美美因为一起意外事件，已经去世了。不瞒你说，只有'前时空'和你对应的人不在了，才能把你的意识传送过去，目的是改变你的时间线，避免你也发生意外。"

徐丽丽这才恍然大悟。她哥哥让她参与实验，原来是她将要遭遇意外呀。她因为毫无思想准备，大为震惊，就好似被判死刑，一下子傻眼了。她喃喃自语道："怪不得——我说呢，你今天这么反常——"

正巧，史蒂夫的手机彩铃声响了。他拿出手机问黄河："我能接电话吗？"

徐黄河摇摇头："最好不接。"

电话铃声过后，只听叮咚一声。

史蒂夫又问："我看一下短信总可以吧。"

徐黄河犹豫了一下，点点头。

史蒂夫打开手机，点开信息，是彼得询问他，什么时候过来派对。在这个紧要关头，派对算个狗屁。他关了手机，马上问徐黄河："你的意思是说，丽丽也会意外死亡喽？"

"原则上来说，是的。但是——"徐黄河怜惜的眼神望着他妹妹，点头承认，然后又看着史蒂夫说："你别担心，我和徐长江是科学家，我们不会让丽丽发生意外。徐美美的丈夫詹姆斯跟你一样，他也是记忆高手，我们让小妹去采访他，梳理清楚徐美美的时间线，只要避开发生意外的时间，丽丽就安全了。"

史蒂夫望着徐丽丽，发现她眼泪含在眼眶，已到了决堤的边缘。他察觉出她眼里的恐惧。"前时空"毕竟是一个未知的世界，万一她再也回不来呢？她面对着死亡的威胁。他想安慰她，却找不出一句合适的话语，哑然词穷到只在心里干着急。

徐丽丽压抑着自己的情绪，硬生生地忍住泪水，说："我想去圣约翰墓地。刚才我没有和父母亲好好地道别。"

她坚信，去墓地能够提醒自己，死亡是的的确确存在的。这其实是一件好事情，因为存在死亡的事实告诉她，至少自己还活着，从中传递了一个重新看世界的视角，有助于她决定想要什么样的生活，想在怎样的环境中生活，今后会给孩子留下什么样的传奇。

"我还会有孩子吗？"

徐丽丽站在父母亲的墓地前，心里暗暗地自问。

第8章

　　圣约翰墓地是一座天主教墓地，1872年，应布鲁克林第一任主教约翰·洛格林的要求，为满足皇后区和布鲁克林不断增长的家庭需求，经由纽约州立法机关的特别法案，允许在皇后区中村的大都会大街，把洛格林主教拥有的牧场，开发建设成一座公墓。

　　1933年，皇后区大都会大道南侧的土地，也被开发使用起来，而最后一块土地得以采购和开发，那是14年之后了，这使得圣约翰公墓维护与保养的面积达到190英亩，整个墓园好似一座街心花园，绿树成荫，喷泉雕塑随处可见，是纽约最大的公墓之一。

　　亚裔美国人葬在圣约翰公墓内，也是近十几年来的现象，每到春暖花开的清明节时分，墓地外的街道两旁，小轿车排起一条长长的队伍，大多是从中国来的新移民前来祭拜亲人。当他们离开的时候，墓碑前的空地上，总会留下用塑料盘盛着的菜肴贡品。

　　然而，早先长眠于圣约翰公墓的大多是天主教徒，不管他们生前罪孽多么深重。像臭名昭著的恶棍约翰·鲁索，曾是纽约意大利黑手党5大犯罪家族的教父，可谓老大中的老大，控制着一个巨大的犯罪帝国，也被葬在这里。

鲁索信奉天主教，家人选择把他葬在圣约翰公墓。布鲁克林罗马天主教教区宣布：不允许鲁索举行安魂曲弥撒，只能在葬礼后做纪念弥撒。因为天主教徒相信，为在炼狱中的逝者举行弥撒，可缩短他们在炼狱的日子，以便他们早日进入天国。鲁索生前罪孽深重，显然不符合举行安魂曲弥撒的条件，因此不能在教堂举行葬礼。当鲁索的纪念弥撒结束后，"崇拜"他的纽约民众却自发组成送葬队伍，约有上千人跟在队伍后边，把鲁索的灵柩送到圣约翰公墓，埋葬在他儿子弗拉姆的旁边。

　　正巧，鲁索举行葬礼的那天，史蒂夫也在圣约翰公墓，那是他母亲下葬的日子。当时他充满了好奇。死后能被大家哭泣哀伤，那是一种无上的荣耀，究竟是什么样的人，能赢得这般荣耀呢？

　　史蒂夫无论如何都想不明白，由上千人护送到墓地的，是纽约客谈之色变的"教父"——约翰·鲁索。他一生做尽了坏事，臭名远扬，纽约的市长、市参议员，甚至纽约州的州长，他们在相当长的职业生涯中，前赴后继地投入大量的人力和物力，最重要的任务就是把鲁索送上审判席，以求摧毁纽约5大家族控制的犯罪集团。

　　像是纽约州的州长麦克·库玛，他和鲁索一样从小在皇后区长大，而且也是意大利后裔，可他们的人生道路却截然不同。库玛痛恨一切暴力行为。他渴望扭转人们对意大利裔美国人的刻板印象——来自西西里岛的移民全是黑手党。为了粉碎鲁索领导的犯罪集团，库玛走上法庭替受害人辩护，配合检察官查找鲁索的犯罪证据，可是效果甚微。于是他走上竞选市长和州长的从政之路，试图动用国家和政府的力量，来铲除危害社会的毒瘤。

　　库玛赢得了州长大选，并且连任三届，直到把鲁索送上法庭，才卸任州长的职务。库玛把一生的奋斗成果，写成了《鲁索，我终身的敌人》这本书，之后得了重病卧床不起。他顽强地与疾病抗争数年，就是

担心 "敌人" 还有兴风作浪的一天。直至得知鲁索病死在监狱，他才安心地闭上了双眼。

史蒂夫不愿成为库玛，一生只为他人活着。也不会像鲁索那样，专做损人不利己的勾当。然而他发现，库玛生前与鲁索死磕了几十年，鲁索一生风光无限，在回到人生终点的时候，两人都长眠于圣约翰公墓，鲁索却远比库玛享尽哀荣。崇拜鲁索的纽约人，每当前来祭奠亲人的时候，总会在鲁索的墓前献上一束鲜花，他似乎永远被人牢记着。

史蒂夫的内心很不平静：这个世界太不公平！

他上网打开"谷歌"搜索圣约翰公墓，约翰·鲁索的名字马上会映入眼帘，只要点开约翰·鲁索的词条，此人作恶的生平就会一一呈现出来。

而像他母亲这样的良善公民，一生守法，除了他和他的父亲，好似再没人知道她曾经来过这个世界。

史蒂夫最为懊恼的是，从来没有对他母亲说过一声："我爱你。"她突然地离开了。不是暂时的分离，而是永恒的分别。他再也没机会告诉他母亲，他爱她，思念她。

眼下，他心爱的妻子危在旦夕。他愤怒地责问上帝：为什么又要夺走他所爱的人？

在不知不觉中，他鬼使神差般地发现，自己站在了鲁索的墓旁，一束鲜花摆在石碑前，可以断定扫墓者是今天来的，因为包裹鲜花的纸张没什么皱褶。

史蒂夫下意识地朝四周张望。他见一个满脸胡茬的人，站在不远处的一棵大树旁，正朝他看过来。

史蒂夫熟悉那张脸庞。他想起来了。14年前，在皇后区发生的车祸现场，此人作为目击证人，接受过记者的采访。他也是在电视新闻联播节目上，见到此人的。后来他才得知，车祸的受害者正是丽丽的父母亲。

史蒂夫敏感地觉察，在这个特殊的时刻，此人为什么会在这里呢？这个人是谁？为何用审视的眼神盯着他？在此撞见此人是巧合吗？

史蒂夫立刻警觉起来，本能地担忧徐丽丽会遭遇不测，他撒开腿狂奔起来，径直朝妻子跑过去。事实证明，他的担心不是没有道理的。

在他们走出科研所之前，徐黄河不止一遍地嘱咐："这次实验极其高端，是人类历史上的第一次，必须保密。其次，这关乎丽丽的生命安全。本来我可以请保镖保护丽丽，但这样做会更显眼，目标可能会更大。你是丽丽的丈夫，能名正言顺地保护她，千万要小心。"

他们好像被跟踪了。

第9章

12月22日晚上9点，距离徐丽丽发生意外事件，只剩下50个小时！

在"前时空"的科研所内，徐长江带领实验室的全体成员，按照与徐黄河共同制定的方案，全身心地投入营救徐丽丽的工作。

在过去的10年里，科研所在实验室进行过无数次的试验，吉姆·施佩曼一直是徐长江的助手。眼下，他们需要克隆一个徐美美，这关乎生物医学领域，徐长江自然地变成了吉姆的助手。

施佩曼家族的男人，几乎全都从事医学和生物学的专业。施佩曼的姓氏在医学界和生物学界，名声绝对是响当当的。医学界设有一项仅次于诺贝尔奖的奖项——拉斯克奖，吉姆的祖父老施佩曼获得过此项大奖。老施佩曼对世界最重要的医学贡献——是用两栖类胚胎进行细胞核移植，这是走向克隆的第一步。

老施佩曼的两个儿子——吉姆的父亲和叔叔都继承了父亲的遗愿，在生殖性克隆领域取得了进展，他们成功采用"体细胞核移植"，创建了基因相同的动物——母羊艾莉丝。

这个过程需要将"供体"变成体细胞，取出体细胞的细胞核，再将这个细胞核转移到被去除细胞核的卵子中。如果卵子开始正常分裂，它会被转移到替代母亲的子宫里。这样的克隆不完全相同，因为体细胞可能在其核DNA中产生突变。

而且细胞质中的线粒体也含有DNA，并且在"体细胞核移植"期间，线粒体DNA完全来自细胞质"供体"的卵子，因此线粒体基因组与其产生的核供体细胞的基因组不同。这可能对跨物种核移植产生重要影响，其中核——线粒体的不相容性，可能会导致细胞的死亡。

艾莉丝是第一个从成体细胞中成功克隆出来的哺乳动物，是通过从她亲生母亲的乳房内取出一个细胞，经过430次的尝试，将其输入其他绵羊的卵子中形成胚胎，然后将胚胎置于另一只雌性绵羊体内经历正常怀孕，才产出的一头克隆羊——艾莉丝。

施佩曼的姓氏因此而举世闻名！

吉姆·施佩曼继承了他祖辈的传奇，可谓是站在巨人的肩膀上，又经历自身几十年的努力，眼下就要完成克隆人的突破了。

经过了3小时15分钟争分夺秒的奋战，吉姆把克隆的徐美美，呈现在徐长江的面前，颇为自豪地说："徐，你看吧，现在我们就等徐丽丽过来了。"

第10章

史蒂夫牵着徐丽丽的手，坐进一辆计程车，喘着粗气命令司机："去小意大利王子街，请你开快些。"说罢，他掏出3张100美钞的票子，通过座位间的隔离窗递给司机。

美钞转手，事情便好办了。

"谢谢！老兄，你算是找对人了。"司机掉头伸手接过钱，下意识地用力踩足油门，心下暗想：幸亏昨天换过新轮胎，不然发动机再好，也绝对爆发不出他们想要的速度。

徐丽丽是一脸惊愕，今天发生的一切，完全超出她的承受能力。她气喘吁吁，慌张得说不出话，只是惊恐地看着史蒂夫。

史蒂夫凑近徐丽丽，向她耳语道："丽丽，我们被人跟踪了。你把外套翻过来穿，头发最好放下来，你的手机给我。"

徐丽丽从衣袋里掏出手机，递给史蒂夫，立刻松开扎紧的牛角辫，随即脱下滑雪衫翻了个面，又穿上。

史蒂夫接过徐丽丽的手机，拔出芯卡，摇下车窗把手机往外一扔。徐丽丽的手机是安卓操作系统，安卓属于"谷歌"公司，并且此系统有"街景车"功能，车上的设备会收集沿途的 WiFi 名称和路由器的MAC

位址，只要她手机里的"谷歌"应用程式连上网，即便取出SIM卡，关掉 GPS，"谷歌"透过基地台，其三角定位也能找到徐丽丽的精确位置。

而他的手机是黑莓，有自己的操作系统，一般很难被"黑客"。但是为了不暴露自己的位置，早在科研所他就关机了，眼下更不能打开手机。所以他问前面的司机："麻烦你，能借你的手机打个电话吗？"

"当然，老兄。"司机递上他的手机。

史蒂夫接过手机，说了声："谢谢。"

他下意识地向后车窗看去，窗外一片黑黝黝的，高速公路上除了昏暗的街灯，无法看清跟踪他们的车辆。他凭直觉感到墓地上的那个人，一定跟在他们的后面，便用手机拨通一个电话，还故作轻松地说："请你在小意大利的王子街等我。对，拐角口就是星巴克。嗯，是的。你的车牌号码是……好，不见不散。"

史蒂夫挂断电话，敲了敲隔离窗，把手机还给司机。他握紧徐丽丽的手，凑近她又耳语道："亲爱的，别害怕，我们会甩掉他的。"

"我，我没看见跟踪我们的人呀，是你神经过敏吧？"徐丽丽宁愿相信史蒂夫的判断。她是一名优秀记者，对事物充满好奇心和敏锐的洞察力。但现在她除了好奇心，洞察力已经被死亡的威胁挫败了。

史蒂夫轻描淡写地回答说："你别紧张。我只要求你配合我。你可以相信我吗？"

徐丽丽看着史蒂夫，点点头。

史蒂夫搂着徐丽丽，轻吻了一下她的额头。今天是他们结婚的大喜日子，原本他计划好了给她一个惊喜，过两天离开纽约，去悉尼度蜜月，在邦代海滩庆祝圣诞节。

他等待这一时刻，瞒着徐丽丽暗地里筹划了一段时间，真不希望他俩的蜜月旅行化为泡影。他甚至在邦代海滩的地标建筑——邦代宾馆，预订了观赏大海的海景房。

他和徐丽丽都喜爱冲浪。悉尼此时正是夏季，气候温和湿润，邦代海滩的安全设备和措施，是全世界顶级的。为了观光客的安全，澳洲的冲浪救生组织，在邦代海滩划分了10个危险等级。海滩北部的末端被划分为第4危险区域，因为著名的离岸流，南边被定为第7级危险地带。

邦代救生员每到冲浪季节，都会出动大约2500次的救援行动，包括寻找迷路的孩子、对付小偷，帮助游客解除因鲨鱼带来的恐慌。一些名人像是帕莉丝·希尔顿、理察·布兰森、史蒂夫·厄文和他的女儿，全都接受过邦代救生员的救援。他完全不用担心安全问题。

除了冲浪以外，他们还能去海滩上的剧场听歌剧、看画廊，丽丽喜欢DIY，那儿的美术工作坊、陶器工作室，可以让她面对美妙的大海，充分展开想象的翅膀，创作出独特的手工作品来。

而且他选择去悉尼度蜜月，也是为了思念和纪念他母亲，回味他们共度的幸福时光。他13岁那年，跳了两级进入高中，作为奖励他的礼品，他母亲高兴地说："儿子，你想去哪里度假呢？我和你爸爸陪你去。"

他没有丝毫的犹豫，脱口而出道："悉尼。"

因为闲来无聊的时候，他看过一档电视节目，是国家地理历险频道的纪录片。他最爱看的一部纪录片，是澳大利亚电视台的真人秀《拯溺雄心》。海滩救生员英勇无畏，排除一切困难成功救人的情景，深深地触动了他的心灵，于是他决定要一睹他们的风采。

他母亲立刻答应了。没想到那趟旅行，是他们全家最后一次甜蜜的假期，第2年他母亲便去世了。早知命运是这样的安排，他就不会把那次悉尼之行，当作理所当然并且毫无感恩之心的了。

原本以为他对母亲的亏欠，可以弥补在徐丽丽的身上，现在看来去悉尼度蜜月，似乎是一件奢侈的事情，好像没有可能实现了。眼下他唯一能做的，就是绝对不能暴露丽丽的行踪，下了高速公路得多绕几个圈子，必要的时候去宾馆躲一个晚上。

史蒂夫这样想的时候，又下意识地朝后窗看去，果真有一辆车在不紧不慢地跟着他们，便大声叫道："老弟，你得加速了，给我甩掉后面的越野车，最好在下一个出口下高速。"

说着，史蒂夫从上衣袋里掏出钱包，从里面抽出两张美钞，全是100元的大面额，递给司机。

司机头也不回，双手紧握方向盘，两眼盯着前方说："老兄，你已经付过车费，看来你们遇到麻烦了。我看你们也不像坏蛋，现在就看我的水平了。你们不会失望的，我一定把你们安全送到王子街。"

"谢谢你！"史蒂夫感激地说着。心里却暗想：外面已然是漆黑一片了，跟踪者还能追踪到我们，难道我的黑莓也被"黑客"了？这样一想，他从左上衣袋掏出黑莓手机，拔掉芯卡，拉下车窗，正准备把手机扔出去。

不料，却被徐丽丽给拦住了。她指着后窗说："你看，我们已经被盯上了，你现在把手机扔出去，能甩掉他们吗？不如到了王子街，我们换车的时候，把手机丢在车上，让他们跟着车子兜圈子去吧。"

"哟，亲爱的，没想到，我娶了一个大侦探啊？"史蒂夫不由得赞赏道，他一反常态，捏了捏她的鼻子说，"我是急疯了。啊，对了，我也要乔装改扮一下。"说着，他把手机丢在座位底下，脱下大衣，凑上前去对司机说："老弟，你介意跟我换外套吗？"

超车是一门很深的学问，一个判断失误，很有可能发生车祸，更何况后面还有追兵紧咬不放。而司机正全神贯注地盯着路况，加快了速度左突右冲，在超车道、行车道和大车道上不停地变换，相当果断，不拖泥带水。在超车通过后，便快速变道至行车道，总能给后面的车辆让出超车道，凭着胆识和驾驶经验，超越一辆辆的大小车辆，向着曼哈顿的方向疾驰而去。

史蒂夫见此情景，司机是不可能脱下衣服的，便连忙改口说："哦，不用了。我把皮夹克留下来，请把你的帽子换给我，可以吗？"

司机一口答应："当然，你不嫌弃只管拿去。"

徐黄河感慨时间一分一秒地似乎过得越来越快了，他的内心也变得焦急起来。差不多快3个小时了，他联络不到史蒂夫和妹妹，完全不知道他们的去向。

刚才"前时空"传来好消息，徐美美的克隆已然完成，就等妹妹准备就绪，开始进行"量子隐形传送"实验，可此时，却不见妹妹的踪迹。他和埃伦轮番打电话，没有他们的消息。

徐黄河知道，他的小妹可能遇到麻烦了。

史蒂夫头戴一顶蓝色棒球帽，穿一件灰色套头毛衣，拉着徐丽丽的手快步走在第六大道上。他们穿过马路拐进26街，迅速闪进一个不起眼的转门内——洛克斯酒店。

史蒂夫选择洛克斯酒店去避险，是因为酒店2楼的夜总会，每晚都举办爵士音乐会，不用买门票就能进去，直到凌晨2点才结束。而且酒店内电信设备齐全，咖啡厅和酒吧都设有网络电脑，尤其是过道上的投币公用电话不容易被"黑客"。他必须联络徐黄河派人前来接应他们，顺便还能在酒店内买到适合他的外套。

他们推门走进酒店大堂，厅堂内人来人往，异常热闹。两人不露声色地混杂在人流中，慢慢走上2楼的夜总会。这里的灯光既暗又明，他们选在靠近门口的观众席上。这个角度便于观察里里外外的情况，如果发现不妙可以及时逃走。

徐丽丽经历了不寻常的一天，精神和体力已极度疲劳，此时迷离的灯光不温不火，温婉的背景音乐犹如催眠曲，她喝了一杯饮料，眼皮便不听使唤地睁不开，靠在椅子上瞌睡过去。

史蒂夫见此情景，心疼得要死，有那么一瞬间，他真想让她去客房好好睡一觉。不过理智告诉他，眼下还不能放松警惕，跟踪他们的人到底是谁？为什么要跟踪他们？是因为徐黄河发现了"前时空"吗？这个机密他也是今天才知道，难道已经泄密了吗？这一连串的疑问，一直盘旋在他的脑际，应该让徐黄河知道才好。

他决定联络徐黄河，看着徐丽丽疲惫的模样，虽然心疼得要命，也只好狠下心来叫醒她："丽丽，你醒醒。"

徐丽丽依稀听见史蒂夫的轻声叫唤，迷糊地睁开眼睛，呆愣地看着丈夫。忽然，她警觉地直起腰问："怎么啦？有情况吗？"

"亲爱的，我们得联络你哥哥，只有确认甩掉了跟踪者，你才能去科研所参加实验。在不确定安全的情况下，现在我们最好不要分开，你和我一起去打电话吧。"

史蒂夫心想，好莱坞的恐怖电影也好，间谍电影也罢，总是在紧急关头设计出蹩脚的桥段：分开行动，结果被敌人各个击破，或者被捕关押，或者干脆被杀。他才不会那么笨呢。他们换乘了3辆计程车，才辗转逃到酒店来的，第六感告诉他，他们现在还是比较安全的。

"好的，我们走吧。"徐丽丽答应道。

第11章

　　晚上10点06分，徐丽丽和史蒂夫终于回到科研所，在徐黄河和两个警卫的保护下，踏进了接待室的大门。

　　史蒂夫见徐丽丽安全了，便凑近她耳语道："亲爱的，我有话要对黄河说，你先去休息一会儿。"

　　徐丽丽想到马上就要参与实验，也不知道结果会怎么样，如果事情进行得不顺利，她很有可能就再也见不到史蒂夫了。这样一想，她下意识地挎着他的胳膊，就是不肯松手。

　　徐黄河见此情景，走上前去安慰妹妹说："小妹，别担心，先让埃伦陪你去休息，我随后就到。"

　　一个小时前，徐黄河接到史蒂夫的求救电话，得知他俩被人跟踪，立刻派出两名配枪的警卫，去接应他们。他原本心里就很着急，为将要进行的实验做准备，想等实验结束之后，再详细了解情况。但是眼看史蒂夫一脸严肃的表情，他觉得事态一定很严重，便示意史蒂夫去他的办公室。

　　史蒂夫跟在徐黄河的身后，走进办公室便环顾四周，发现办公桌上有一台蓝牙光盘机。他灵机一动，把一张光盘放进机器调高音量，当音乐响起的时候，才开口把下午遇到的情况，连带着把自己的怀疑，对着徐黄河叙述了一遍。

徐黄河听到最后，下意识地掉头看向玻璃窗外，目光一一扫过所有员工，在心里判断谁有可能是背叛者。因为史蒂夫叙述的情况，远比他想象的来得严重。此时此刻，他马上要与"前时空"联合起来做实验，只能故作坦然和镇定地说："史蒂夫，事情到了这个地步，你有权利知道全部真相。小丽的时间已经不多，按照前时空的徐美美的生命轨迹推算，49个小时后，小丽就会遭遇意外。所以，我们必须马上进行实验，你能理解吗？"

史蒂夫一怔！

徐丽丽将遭遇意外的事实，他一开始是拒绝相信的，为什么在他最幸福的时刻，要面临失去最心爱的亲人？为此他感到极为愤怒。然而欣慰的是徐黄河是科学家，兴许通过实验能挽回这一切。虽说他很郁闷，但是为了帮助妻子渡过难关，他必须克服悲伤坚强起来，因此而选择接受这个事实。

他万万没有料到，更加残忍的打击再次向他袭来——两天之内，丽丽就要意外身亡。这一切来得太突然，徐黄河直到现在才告诉他，气愤、怨恨和恼怒，压在心头，他快承受不了。要不是当下情况特殊，他可能就要爆发了。他强压住心头的不满，厉声地问道："丽丽，她知道吗？"

"这——我，我实在不忍心告诉她……"徐黄河哽咽了。

史蒂夫望着徐黄河悲伤的模样，压抑在心里的怨气全泄了，顿时感到其实他俩都很可怜，心下暗想：徐黄河至少在忙着保护妹妹，我又做了些什么呢？我能够为她做什么？

想到此，史蒂夫问道："你不忍心告诉丽丽，就由我来告诉她吧！"

"史蒂夫，谢谢你。因为时间紧迫，马上就要进行实验，我担心她承受不了心理压力。我和徐长江商量过了，等这次实验结束，我们一起跟她说吧。"

"实验什么时候开始，我能守在她身边吗？"史蒂夫着急地询问。

徐黄河向史蒂夫走近一步，压低声音说："你也知道，科研所内可能藏有技术间谍，实验的保密级别必须升至最高级，非相关人士不能参与其中。你要是担心小丽的安全，可以等在接待室。你先休息一下，你看呢？"说完，用征询的眼神看着史蒂夫。

"好吧，我就等在接待室，你忙去吧。"史蒂夫关掉蓝牙光盘机，取出CD唱片，跟着徐黄河走出办公室，径直去了外面的接待室。

徐黄河来到实验室。

徐丽丽结束初步的体检，坐在那儿正和埃伦闲聊着。他们看见徐黄河走了进来，埃伦马上汇报说："徐，小丽的血压、心率和肺率都很正常，不过她有些疲劳，我们还要继续吗？"

徐黄河故作轻松地微笑说："是的，埃伦。但是请按照AAA级别，准备实验的步骤。"

实验级别上升为AAA级，意味着保密程度为最高级，埃伦知道变故的原因，是与小丽下午被人跟踪有关。可想而知，这起跟踪事件并不一般，问题一定很严重。所以听了徐黄河的话，他闪到一边，立刻去做准备。

徐黄河见妹妹表情紧张，立刻安慰道："小丽，你别担心，史蒂夫就在接待室。他会一直陪着你，直到实验结束。"

说着，徐黄河走过去打开保险柜，从里面拿出一枚戒指，向徐丽丽解释说："当你跨越'前时空'的时候，意识信息将进入徐美美的克隆体。这是一个内置传感器，你别看它体积小，计算功能足以完成送卫星上天的工程。这枚戒指会接收并记录你的生命体态，与这里的数据库相连，就像是茫茫大海上的指南针，是指引你的意识返回来的灯塔。"

徐丽丽仔细听着，频频地点头。

徐黄河见妹妹听明白了，便继续说："今天是第一次量子隐形传送试验，由于技术的限制，也因为我们的认知有限，你最多在'前时空'停留3个小时。"

徐黄河见妹妹目光空洞，神情惶恐，心里是又急又难过，不知道怎么来安慰妹妹。情急之下，他带着徐丽丽来到另一个房间，也不管她听没听他的话，只一味地强调："小丽，请你相信我们。我和徐长江都是科学家，我们不会让你发生意外。你听着，徐美美的丈夫詹姆斯也是记忆高手，到时候你去采访他，只要梳理清楚徐美美的时间线，意外就可以避免了。你听见了吗？"

徐丽丽看着哥哥，懵懂地点点头。

徐黄河把徐丽丽按在一个座椅上，微笑着说："来吧，你先坐下。"

徐丽丽发现座椅上挂着输液设备，顿时清醒了，脸上露出疑惑的表情，不解地问道："这是干嘛呢？"

"别害怕。因为跨越'前时空'相当消耗精力，你需要补充能量，感觉无聊的话，就看看书，或者闭目养神都行。"徐黄河和蔼地解释着，一边动手给妹妹输营养液。

就在徐丽丽做着实验准备的时候，史蒂夫等在接待室，真是坐着也不舒服，站着也心烦，不知不觉地走进旁边的厨房，冲了一杯咖啡，拿了一个小松饼，又返回接待室。

他无聊地站在那儿，喝了一口咖啡，看着电视上WPIXDT频道正播放当地新闻。荧屏上的影像无声地晃动着。忽然，一个画面引起他的关注：一辆计程车停靠在人行道旁，司机手捂着流血的额头，接受着记者的采访，荧屏下的字幕写着：

今晚6点40分左右，在华盛顿广场的西百老汇，发生了一起持枪抢劫案。受害司机称，一位蒙面持枪人抢走客人留下的手机，用枪托打伤他的头部后逃逸。所幸司机伤势并不严重，送医后经过治疗已经出院。

荧屏上的最后一个镜头，是一闪而过的计程车车牌号，史蒂夫见了，嘴里的咖啡差点喷出来。他根据新闻描述的时间、地点、司机的模样、以及嫌疑犯只抢走客人遗留的手机等这些信息，猜想十有八九是自己乘坐的计程车，而车牌号在最后确证了这一事实。

他一边用纸巾擦着嘴角，大脑飞快地转动起来，心下暗想：那个蒙面抢劫者就是跟踪他们的人，想要解开个中谜团，最好的方法是利用掌握的蛛丝马迹进行反跟踪。目前科研所是最安全的地方，就让徐丽丽在这里躲避着，只要她不外出，就不会遭遇意外。

他打定了主意。

第12章

纽约长岛的南安普敦，位于大西洋前沿的北部，隶属于纽约的萨福克郡，是全美最富有的小镇，素有"庄园区"之称，全美有一半的亿万富豪都住在那里，像是福特、杜邦、艾森豪威尔、范德比尔特和摩根家族，这些顶级富豪在南安普敦都拥有大别墅，他们是"庄园区"的常住居民。

南安普敦以顶级富裕的城镇地位闻名全美，也因悠久的社会传统获得世界认可，被视为"旧钱"的中心——由几代人的经营传承累积财富，绝非依靠自我奋斗获得"新钱"而暴富。

在那些拥有"旧钱"的顶级富豪眼里，一夜暴富拥有的"新钱"，充其量属于按家庭经济状况划分的"上层阶级"，绝对踏不进"上流社会"半步。"上层阶级"群体能否成为"上流社会"的一分子，就要看他们如何把"新钱"加速折旧变为"旧钱"。

随着美国"朝阳工业"的兴起，铁路等"夕阳工业"的没落，南部阳光地带的石油产业，与中部和西部的航空航天、以及信息产业的大量"新钱"，不断向东北部地区的"旧钱"发起挑战。

在这一波"新钱"和"旧钱"的博弈中，来自意大利黑手党控制的

"黑钱"，也暗暗地流向东海岸——纽约，加入了权力与利益的博弈。

纽约意大利5大犯罪家族的形成，起源于西西里的黑手党团伙，他们的组织内部架构等级森严，犹如一座金字塔，最底层是跑腿的小喽啰们，爬到上面一层是士兵（打手）、队长、顾问、老大助理和老大，最顶层是老板的老板——教父。

近百年来，纽约5大犯罪集团历经火并、重组、内斗和宫廷政变，教父的权力经过几番新旧交替，现今掌握在马特奥·鲁索的手上。马特奥继承了老教父约翰·鲁索的遗愿，作为黑手党的最高管理者，他拥有至高无上的权力，发号施令、解决争端、与交战的派别划定领土界限，管理美国、加拿大和墨西哥黑帮的所有生意。

在这样一个庞大的组织里，马特奥的指令就是"圣旨"。如果有谁胆敢挡住马特奥的财路，令他感觉眼里揉进"沙子"，他想要那个人死，那个人就不得活。如果他察觉被欺骗和背叛，那么背叛者将受尽酷刑被折磨致死。如果他发现下属办砸了事，办错事的家伙被打的程度就是他警告的程度。

马特奥的权力和威力，其实是建立在恐惧之上的。恐惧源于他能随意剥夺他人的生命，同时在"金字塔"组织结构的庇护下，逃脱法律的严厉制裁。因为他无须自己动手，只需发号施令，经过层层传达由队长带领打手去执行命令，或贩毒杀人，或放高利贷敲诈勒索。即便打手们被警察逮捕，检察官明知是马特奥下达的命令，也因缺乏人证物证而无法起诉他。

马特奥汲取了他父亲的教训，竭力避免记者的聚光灯追踪，转入地下经营扩大非法生意，不惜以金钱和美女来贿赂政治人物，渗透纽约州内外的司法系统，重建和恢复来自司法部门的庇护，以免被司法起诉和其他的刑事指控，因而获得权力来建设港口、控制工会。

黑手党内部的一万多人各司其职，他们从事高利贷、敲诈勒索、行贿、毒品和妨碍司法公正，再从各个领域招募更多的"社会精英"，进而利用高科技手段犯罪，使得线人和美国联邦调查局更难收集信息抓捕他们，而他们的目的只有一个——赚取更多的金钱。

马特奥躲在阴暗处的时间越长，犯罪集团的力量也变得越发强大，他们的力量超出了美国联邦调查局的报道。

金钱就是权力！

两年前，马特奥把自己的触角伸向了南安普敦，在那里购置了一处海滨物业，是由3栋别墅组合而成的院落，总面积为24,000平方米。他的集团总部也从皇后区的小奈坷——一个中上阶层的社区，搬迁至最富有的小镇——南安普敦。

马特奥此举并非只想挤进上流社会，他的全盘计划相比5大家族的老板们，要来得更加远大和具有战略意义：从地下渐渐地浮上水面，慢慢洗白"黑钱"，过去打打杀杀攫取财富的非常手段，只能作为辅助工具，投资高科技研发产品来获取财富，是今后的方向。

这天，从下午4点钟开始，马特奥的太太便布置起餐桌了。就像往年那样，马特奥邀请集团的高层和家属们，前来总部大院庆贺圣诞节。每年一度的圣诞晚宴，是教父对属下全年的一次奖惩考核，个人的成绩与各组的绩效绑定在一起，奖惩激励将落实到每一个人的身上。

餐厅内，20人座位的大餐桌铺着白色棉麻桌布，正中央放置着三盆一品红，鲜花两旁是两具大型多头银烛台，每个座位上铺放着白色棉麻餐垫和餐巾，银质长短刀叉共3套，4种高低大小的水晶酒杯。

5点30分左右，汽车一辆接一辆地开进大院，5大家族的老板们带着太太和孩子，准时抵达总部大院。顿时，大院内欢声笑语，女人和孩子嬉笑着被安排进入主楼边的别墅，队长则带着骨干去了另外一栋别墅，只有老板和顾问们直接走进主楼内。

6点钟，晚宴开始。

马特奥对部下说完致谢辞，拿起酒杯喝了一口红酒，一眼瞥到秘书在门口张望，踌躇了一下，似乎考虑是否要进来。

马特奥情知出现了状况，不然秘书不会来打扰他。于是，他放下酒杯向门口走去。老板们也都不约而同地向门口看过去，个个面露紧张之色。

只见秘书对马特奥耳语着。渐渐地，马特奥的脸色阴沉下来，双眉紧蹙。临了，他愠怒地骂了一句："他妈的废物一个！"然后，手一挥吩咐秘书："让他在书房等我。"

马特奥走回餐桌，见下属都看着他，便"哼"了一声，重新拿起酒杯说："来来来，派对继续。"

掌管赌场生意的老板弗兰卡·罗马诺，看着马特奥斗胆地问道："教父，一切都好吗？没什么意外吧？"

"罗马诺，你希望发生意外吗？"马特奥板起脸，不客气地反问。随即，又哈哈大笑道："没什么大不了的，大家放松心情，继续我们的圣诞派对。"

可事实上呢，马特奥的心情糟透了。今天，他派亲信安德烈·法拉利去执行跟踪任务，结果以失败而告终。这怎么可能呢？被法拉利盯上的人，那绝对是甩不掉的，看来这个对手很强大啊！

马特奥喝着红酒，心里琢磨着下一步的行动。

第13章

夜晚11点50分，距离徐丽丽即将遭遇意外的时间，还有47个小时20分钟。

在平行时空科研所，徐黄河联合"前时空"的徐长江，做好了一切实验的前期准备。

眼见实验已进入倒计时了，徐黄河来到徐丽丽的跟前，见妹妹坐在椅子上打瞌睡，便轻轻地拔掉她手臂上的针头。

徐丽丽一下子惊醒了。

"小妹，我们要开始实验了。"徐黄河说着，引导徐丽丽来到一座玻璃房前，微笑着解释说："那是一台超高维度智能机，你戴上这枚戒指，进去后躺在试验床上就好。相信我，你不会有事儿的。"

徐丽丽当然相信哥哥了。徐黄河爱护她，超越了爱他自己，她从来都不会怀疑这点。眼下马上就要开始实验，她努力对抗着心中的恐惧，强迫自己露出微笑，向徐黄河保证道："哥哥，我相信你！"

5分钟之后，"量子隐形传送"实验正式开始。

随着超高维度智能机器的转动，徐丽丽紧闭双眼屏住呼吸，等待着实验的结果。

片刻之后，空间入口再一次接通，有一个声音在呼唤她："徐丽丽小姐，你能听见我说话吗？"

徐丽丽睁开眼睛，惊恐地发现身边围着一圈陌生人，其中一个人像极了徐黄河。他的鼻尖左侧也有一颗黑痣，脖子上的那条项链吊坠，跟她哥哥的一模一样，也是一对白金婚戒。她哥哥戴着的那对白金婚戒，原本是她父母的，他们车祸去世后，她哥哥褪下父母手上的婚戒，用白金链子串起来戴在自己的脖子上，以此来纪念父母亲。看来，此人应该就是徐长江了。

她心中暗自感叹："哥哥老了是这个模样啊！"

站在徐长江右边的几个人，他们身穿白色制服个个相貌出众，女人们披着一头金色卷发，身材妖娆没有一丝赘肉，男人们文质彬彬英俊潇洒。她仔细一看，发现它们竟然全是机器人。

而左边紧挨着徐长江站着的，应该是他的助手吉姆·施佩曼。他像极哥哥的助手埃伦·施佩曼，只是看上去年长一些而已。

徐丽丽仰面躺着，四肢却无法挪动，心里焦急万分。她一双机警的眼睛灵活地转动着，发现屋子内摆满各种仪器，斜对面的巨大荧屏上，铺满了她的脸部特写，断定自己已来到"前时空"，这里一定就是徐长江的实验室了。

一旁的吉姆脸上带着惊喜，一直注视着徐丽丽，仿佛艺术家在观赏自己的杰作。她，一个他成功制作的克隆人，无疑是活生生的"徐美美"。

吉姆情不自禁地对徐丽丽打了一个响指，见她眨了眨眼睛，便微笑地招呼道："嗨，我叫吉姆·施佩曼，我是徐长江的助手。"

"我叫徐丽丽，你可以叫我丽丽。"徐丽丽回答道。

吉姆拉起徐丽丽的手，轻轻地握了一下说："欢迎你来到'前时空'！"

此时此刻，徐长江的欣喜程度并不亚于吉姆。他的视线一刻也不曾离开徐丽丽，惊喜"美美"重生了，"妹妹"又回到自己的身旁，内心感慨万千。然而，也就一瞬间的工夫，他清醒了。眼前不是他妹妹，她是"美美"的克隆体。他不能感情用事。他们有许多试验项目需要完成。

　　徐长江冷静地看着徐丽丽，礼貌地自我介绍说："你好，徐丽丽。我是徐长江，是主持这个实验的科学家。时间相当紧迫，我们开始工作吧。"说着，他扫了一眼身边的机器人，微笑着对徐丽丽说："这些全是我的助手，互相介绍就留在以后吧。吉姆，让我们开始吧。"

　　徐丽丽依然躺着无法动弹。她有些无奈地问道："好的。请告诉我下一步该怎么做？"

　　吉姆走上前，温和地说道："丽丽，现在你还无法走动，等检查了你的身体状况，我教你如何控制肢体活动。"

　　说完，吉姆便指挥机器人，首先测试徐美美的克隆体，在接收了徐丽丽的意识转移后，是否产生生理上的变化。

　　时间一分一秒地流逝。

　　徐丽丽置身于全透明的房间内，透明的墙上，显示着她的身体部位结构图，包括大脑的实境图像。她本能地闭上眼睛，不敢直视自己的器官，也受不了自己任由一群"帅男美女"摆布。

　　两个小时之后，吉姆微笑着向徐长江汇报说："徐，根据测试的数据显示，丽丽的身体状况正常。现在我要训练她，怎样掌握身体的平衡。"

　　徐长江听了吉姆的话，一颗悬着的心放下了，立刻下达指令："很好，请按照原计划继续试验！"

　　吉姆耐心地指导着徐丽丽，经过一轮又一轮的检测、收集数据和肢体训练，她终于可以行走自如。她看着徐长江和吉姆，惊喜地说道："我能走路了！"

徐长江和吉姆一阵欣喜，两人相视而笑。

3个小时一晃就过去了！

徐长江不禁深感遗憾。几十年来，他坚持研究量子隐形传送，就是梦想着有一天，能够发现其他时空的亲人。现在愿望实现，他成功了！但是他和徐丽丽相聚的时间太短。他甚至来不及与她好好地交谈。他多么希望徐丽丽能再多待一会儿，哪怕一个小时也是好的，而且詹姆斯还没来得及与她见面呢。

这边的吉姆已经开始催促道："徐，时间已到，丽丽必须离开了。"

徐丽丽望着徐长江，一点也不觉着生疏，感觉他就像哥哥徐黄河。她张开双臂，给了徐长江一个大大的拥抱，从心底里由衷地感慨道："谢谢你，徐长江。我们还会再见的，我相信。"

这个拥抱带给徐长江无比的幸福感，一股暖意涌上他的心头。他产生了一个新的奋斗目标：延长徐丽丽留在"前时空"的时间！

正当实验进行到尾声的时候，史蒂夫等在科研所的接待室，内心焦急而不安，担心实验的结果不利于徐丽丽。他真想倒头睡过去，醒来时等待他的，会是一个天大的好消息。然而他知道眼下不是时候，徐丽丽可能随时都会需要他。

他强迫自己保持头脑清醒的状态，不加糖不加奶的浓咖啡，一杯一杯地往肚子里灌，也顾不上多么苦涩了。

他本想使用接待室的电脑，"谷歌"徐丽丽父母亲的车祸案子，打开电脑刚要动手敲打键盘，手指却突然停留在键盘上，担心电脑被动过"手脚"，一旦自己轻举妄动，向敌人暴露自己的意图就前功尽弃了。

但是他也不甘心就这么干坐着。忽然，他警惕地观察起屋内的一桌一椅，暗自寻思道：这个房间说不定暗藏着窃密的工具。

这样一想，他立刻行动起来，快速走到墙角边，开始仔细查看每一件家具的旮旮旯旯，搜寻窃听器和针孔摄像头，连灯罩和电灯泡都不放过。针孔摄像头因为体积小，隐蔽性能好，有利于监控敌对目标，是间谍常用的窃密工具。

他喜爱好莱坞间谍题材的电影，能列出一长串观赏过的电影名单，像《007》《间谍游戏》《谍中谍》《谍影重重》《飓风营救》……

不过相比一味地以跑车、美女、高科技来耍酷的间谍片，史蒂夫酷爱《谍影重重》系列，特别欣赏特工杰森·伯恩的过人智慧。伯恩遇事冷静不躁，尤其善于利用周围的环境，以非同一般的感知能力和坚强的意志战胜对手。

从目前态势来看，他今天的表现还算不错，活学活用了伯恩的特工能力，带着丽丽逃脱跟踪者。眼下，他感到自己明显不足的地方，就是缺乏伯恩的格斗能力。

好在小的时候，也是为了保护自己和徐丽丽不被同学霸凌，他练习过拳击和格斗空手道，还是三段黑色级别。这个运动习惯他一直延续至今，从来没有间断过，但凡工作上遇到麻烦，或者压力大到透不过气来的时候，只要去一趟拳击馆，与练习对手直接用拳击、泰拳、跆拳道、柔道、柔术的技巧打斗一番，压力便会释放出去。

凭他的身手与对手一对一格斗，他倒是自信不会吃大亏。但是如果遇上几个对手把他团团围住的话，他是占不了上风的。所以避免与对手发生正面冲突，运用智慧赢得胜利，才是他的上上策。而且他拥有超记忆能力，比起伯恩的极端记忆丧失症，他具有比较多的优势。

史蒂夫就这样一边在心里盘算着，一边像猎人一样，搜索可能隐藏窃听器和针孔摄像头的地方。有那么一瞬间，他真想把地板也掘开来一探究竟，因为任他怎么找，也没发现任何蛛丝马迹。

难道是他的逻辑推理出错了吗？

他宁愿相信自己的判断是错误的。但直觉告诉他，内奸就隐藏在科研所里，只是需要花些时间来证明而已。

第14章

凌晨3点。

一个史无前例的量子隐形传送实验，按照预定的时间，即将在平行时空科研所结束。徐黄河和埃伦守在超高维度智能机旁，他们带领AAA级别的实验室助手们，等候着徐丽丽平安返回实验室。

当徐丽丽睁开灵动的双眼，一一打量着大家的时候，徐黄河看着她激动得犹如发现外星人。

埃伦也是兴奋不已，竟然像个孩子似的拍手鼓掌，语无伦次地说："丽丽，你可回来了，好极了！我们的实验非常成功，真是太好了——"

徐黄河递上一杯水，然后褪下徐丽丽手上的戒指，高兴地说道："来来来，你先喝口水放松一下。"说完，他终于因为太好奇，忍不住地问："小妹，你没有什么要跟我说的吗？当然，你应该累了，我们过一会儿再聊也可以。"

徐黄河看了看手中的戒指，其实妹妹在"前时空"的一言一行，他透过戒指传来的信息全都知道，却还是想要听她描述那儿的情况，毕竟这次实验的意义非同寻常。

而此时此刻，徐丽丽的心里只想着史蒂夫。自她有记忆以来，只有在得知父母亲去世的时候，她哥哥满脸绝望的样子让她感受过无以名状的恐惧。这恐惧感就像是一场噩梦，隐藏在她的内心深处，永远无法泯灭。那时她还太幼小，父母去世得过于突然，平常他们又专注于工作，甚至没有留下全家福的合影。

随着时间的流逝，她与父母相处的生活片段，都已经模糊不清了。而奇怪的是，她越是想记住这些，留在脑海中的印象就越淡漠。有时候她会因此而产生负疚感。现在就连那一点点负疚，也因为埋怨父母和她相处的时间太短，不复存在了。

而今天，绝对是她出生以来最为惊心动魄的一天，史蒂夫沉着冷静，机智地躲过了跟踪者。她没有丝毫的恐惧。而由实验带来的惊奇和感叹，她无法用语言来形容。她隐隐地感觉到了，兴许留在这个时空的时间不多，而生命的最后时光，她只想和史蒂夫一起度过，也只有他能了解自己内心的复杂情感。

所以她睁开眼睛，发现史蒂夫不在身边，便看着徐黄河问道："史蒂夫呢？"

"史蒂夫在接待室等你。等你完成了体检，就能看见他了。"徐黄河微笑着回答。

徐丽丽听了，略感安慰。她满怀着心事，感觉又很疲乏，但是她的意识去了一趟"前时空"，这奇妙的旅程简直太神奇了，便急于向她哥哥炫耀说："哥，你不知道，我感觉好像做梦一样，'前时空'的高科技可发达了。你，不是。我是说'前时空'的徐长江，他应该是60岁了。可是好奇怪呀，他看上去好年轻，就像是40岁的人。"说着，便详细叙述了"前时空"的所见所闻。

徐黄河倾听着妹妹的描述，同时凝视着手上的戒指，心下暗想："时间有限，必须马上分析数据，尽快与徐长江互通信息，安排第2次实验。"

徐丽丽见哥哥没有搭理她，便埋怨说："徐黄河，你到底有没有听我说话呀？"

徐黄河连忙解释道："小妹，今晚——哦，现在已经是早上了。考虑到你们的安全，你和史蒂夫就暂时留在这里。我马上联络FBI，调查一下到底是谁在跟踪你们。"

徐黄河一分钟都不想耽搁，立刻对埃伦说："你给小丽做一个常规体检，我去通知史蒂夫。"说完，他再一次叮嘱妹妹："小丽，你在'前时空'的所见所闻，不要对任何人说，一定要保守秘密，这关乎你的生命安全。"

"我知道啦。"徐丽丽点头道。

徐黄河却暗想：唉，可怜的小妹！她什么都不知道。

第15章

12月23日上午10点，距离徐丽丽遇害的时间，只剩下37个小时。

马上就到圣诞夜了，即便是大清早，曼哈顿第五大道上的商店橱窗依然张灯结彩，流光溢彩的灯饰亮灿灿的，把整个街道渲染得格外温馨。在浓厚的节日氛围下，走在大街上，哪怕是擦肩而过的陌生人，也会微笑着相互问候一声"Merry Christmas"。

史蒂夫却感受不到一丁点的节日喜悦。

在第五大道42街的一座铜雕边上，史蒂夫身穿一件深灰色滑雪衫，头上顶着滑雪衫帽，站在铜雕旁不时地抬腕看表。

徐黄河听取了他的建议，安排徐丽丽在科研所休息，这两天绝对不许她外出，并且要不动声色地待在实验室内，帮助徐黄河暗中寻找窃密工具和叛徒。而他则按照事先想好的计划，乔装改扮进行反侦察行动，第一站就是来到这里。

上午10点整，纽约公共图书馆总部——美国国家历史地标建筑苏世民大厦准时向公众开放。史蒂夫低着头躲过监控摄像头，一个箭步沿石阶而上，混杂在几个游客中间，从大门的一侧闪入图书馆。

图书馆内的罗斯阅览室，面积有一个足球场这么大，天花板高达16米，拱形的大窗户和一盏盏大吊灯，使阅览室的环境宽敞明亮、舒适，许多著名作家和学者都会选择来这里进行部分工作。

此时的"罗斯阅览室"显得更大、更空旷，毕竟是圣诞节期间，人们都外出度假去了，绝大多数纽约人也都忙着过佳节，只有少数几个游客手里拿着地图，在里头边走边浏览，面对华丽的建筑啧啧称奇。

史蒂夫没有去罗斯阅览室，而是径直朝"综合研究部"走去。作为一名地地道道的纽约客，他很自豪自己居住的城市，拥有一座巨大的图书馆和阅览室，馆藏超过4300万件物品，涵盖着无价的中世纪手稿、古代日本卷轴、当代小说、诗歌、报章杂志、漫画书……

纽约公共图书馆总部以其非凡的全面性，致力于提供免费、平等的资源和先进设施闻名全美。这要归功于纽约州的州长山姆·蒂尔登。

19世纪下半叶，纽约已经超越巴黎的人口，并且迅速赶上全球人口最多的城市伦敦。幸运的是，这个蓬勃发展且有些傲慢的大都市明白，纽约要成为世界上最伟大的城市，其文化性必不可少，必须拥有一个最棒的图书馆。

1886年，纽约州州长蒂尔登去世的时候，纽约已经有两个主要的图书馆：阿斯特和莱诺克斯。但是以蒂尔登的标准来衡量，这两个图书馆不免费为公众开放，都不是真正意义上的公共机构。

蒂尔登便把他的大部分财产大约是240万美元，以信托基金的形式遗赠给纽约市——建立一个公共图书馆和阅览室。于是当年最杰出的图书馆专家约翰·毕林斯博士被任命为工程总指挥。他选择了纽约人最喜爱的散步地点：第五大道的两个街区40街和42街，作为建造图书馆的首选地点。

毕林斯确切地知道自己想要的是什么。他把图书馆的设计构想，简要地描绘在一张白纸上，瞬间便成为图书馆的早期蓝图。从1897年工程立项开始，经过8年的艰辛奋战，一幢结构雄伟的地标性建筑：外面没有雄狮守护，却能丰富人们内心的图书馆——拥有傲人的巨大阅览室，在1911年屹立在了曼哈顿的第五大道上。

由于建造这座图书馆的根基，是立足于服务广大民众的，因此图书馆的馆藏资源的交付速度，也是世界上最快捷的。

在第二次世界大战期间，为了部署海岸线的战斗力，盟军军事情报部门需要各国的地图，"纽约公共图书馆总部"奉献它的馆藏地图，为盟军取得最后的胜利做出了不可磨灭的贡献。

自从"纽约公共图书馆总部"落成之后，无数的美国民众通过在其内阅读美国历史、地方历史和家族史，找到具有价值的寻根线索，重新修复了他们的家谱，并且找到失散多年的亲人。

因此，史蒂夫有理由相信，凭借着图书馆丰富的馆藏，根据他掌握的蛛丝马迹，从徐丽丽父母的车祸案子打开缺口，首先找出跟踪者的身份，然后顺藤摸瓜，弄清楚跟踪他们的原因究竟是什么应该有希望。

史蒂夫找了一个靠近门口的座位，在电脑上"谷歌"了徐丽丽父母的名字，一瞬间，搜索词条出现了：徐子昂，杨芸姗。

他仔细浏览了一下，总共有5名记者撰写了车祸报道，他们分别来自不同的报社。综合这些记者的报道内容，他对徐丽丽的家庭背景，有了一个更深层次的了解。

徐子昂和杨芸姗生长在上海，他们中学毕业先后去北大荒插队，落户在同一个生产建设兵团，两人凑巧都被分配去牧场放牛羊，做起了放牛倌的工作。

他们渴望进入大学读书，不甘心就此变成牧民，一辈子待在北大荒。于是两人私下商议决定，搭档起来一边放牛羊，一边轮流看书学习，互相讨论学习上的难题。

夏天的时候，在放牧的大草原上，他们跑累了，便任由牛羊低头吃着青草，两人躺在绿油油的草地上，仰望天空，蓝天、白云、青草地和遍地的牛羊，谈话内容总是从自身的处境，不由自主地延伸到宇宙的奥秘上来。

每当他们讨论学问的时候，尤其是当谁也说服不了谁、激烈地争辩到面红耳赤的时候，总有调皮的牛羊逮着机会，一下子冲进农民的自留地，把人家辛辛苦苦种植的庄稼啃掉一大片。等农民发现后吵吵嚷嚷汇报兵团领导，他俩免不了被叫到办公室，狠狠地挨一顿批评。即便如此，也阻挡不了他们学习的热情。

他们是非常幸运的，下乡仅仅3年，便获得了改变命运的机会！

1977年中国恢复高考制度，徐子昂和杨芸姗考入清华大学。拆开入学通知书的那一刻，徐子昂站在大草原上，看了一眼遍地的牛羊，把羊鞭子往地上一扔，仰望蓝天大声吼道：我再也不要放牛羊了，这是我最后一天做牧羊人啦！

徐子昂的研究课题是量子力学，杨芸姗的专业是生物科学。大学的校园生活来之不易，他们无比珍惜读书的机会，读书期间非常刻苦努力。

4年后，他们以优异的成绩毕业，又一起远赴普林斯顿大学，在各自的领域继续攻读，一直读到博士后。

每天，他们骑着自行车，往返于公寓和大学实验室，午饭空隙，常常漫步于校园的哥特式建筑中，徜徉在浓浓的西洋文化氛围里。周末，他们结伴到小镇外的大森林，去感受大自然的美妙，呼吸新鲜空气、聆听鸟鸣的欢叫声。偶尔他们也会改善生活，去法国餐馆Lahiere'换一下口味，那可是爱因斯坦最喜欢的餐馆。

爱因斯坦，是徐家走向科学道路的引路人，徐子昂选择普林斯顿大学和这位科学大师不无关系。

1922年，爱因斯坦应日本"改造社"的邀请，远赴日本讲学。他乘日本船"北野丸"出发的途中，11月的一天上午抵达上海。那天，瑞典驻上海总领事正式通知爱因斯坦，他获得了1921年的诺贝尔物理学奖。

上海的大学生们在南京路上，高高地抬起爱因斯坦向他欢呼致敬。在这群大学生中间，就有徐子昂的祖父徐盛迪——上海复旦大学物理系的高材生，他立誓要像爱因斯坦那样，献身于物理科学研究。

然而当时的中国正处于动乱时期，大多数百姓连吃饱饭的愿望都难以实现。徐盛迪想以科学救国的志向，因为缺乏研究经费而告吹。他只能面对现实，放弃梦想扛起家庭的经济重担，努力赚钱养家糊口。

1937年，中国的抗日战争爆发了，上海"八·一三"事变后，复旦大学被迫内迁，与同为私立大学的大夏大学合并，成为中国历史上第一所联合大学：设在庐山的称为复旦大夏，而设在贵阳的则称为第二联合大学。不久，日军进犯江西，复旦大学再次迁往重庆的北碚，直到一九四八年才迁返回上海。

徐子昂的父亲徐立志非常幸运，像他祖父徐盛迪那样，如愿地进入复旦大学物理系。只可惜，徐立志大学毕业后，雄心勃勃地走上工作岗位，准备大干一番的时候，结果是政治运动一个接一个。徐立志空有满腔热情，也像他父亲一样抱负落空，培养儿子成了他的生活目标。

由于徐子昂高中毕业的时候，文化大革命尚未结束，正值"读书无用论"盛行之际，大学处于"停业整顿"的状态。他不仅无缘复旦大学，甚至要到北大荒去接受"贫下中农再教育"。

徐子昂无法在学校接受正规教育，于是从上小学开始，便在徐立志的辅导下系统地学习物理学。徐子昂把家中的藏书全都读完了。他考上清华大学后，几乎把图书馆里所有的"广义相对论"和"量子理论"的书籍研读了一遍。

徐子昂站在父辈们的肩膀上，终于弄清楚了爱因斯坦来不及佐证的课题：广义相对论和量子力学间相互并不自洽。如果要使二者统一起来，必须建立一个更大的理论框架。于是，"超弦理论"在数学物理界诞生了！

普林斯顿大学的高等研究院教授艾华·卫廷，是当代最伟大的数学物理学家，也是"超弦理论"和"量子场论"的顶尖专家。卫廷认为各种不同的粒子，不过是弦的不同震动模式而已，自然界所发生的一切相互作用包括物质和能量，都能用弦的分裂和结合来理解。在"超弦理论"的框架下，之前表面上不兼容的两个最主要的物理学理论——爱因斯坦广义相对论和量子力学——统一了起来，它们之间的漏洞被填补了，并欲创造出能够描述整个宇宙的"万物理论"。

卫廷成为研究"超弦理论"的先锋者，更多年轻的物理学家投入到新的研究领域，徐子昂也被召唤而来，在卫廷的直接指导下进行研究。

徐子昂完成博士后的研究工作后，向各大学发送了履历，接下来就是等待工作邀请。他对自己充满信心。

那天，徐子昂和杨芸姗散步回家，电话铃响了，是哥伦比亚大学物理系主任埃瑞克·阿伦斯教授："徐，我要告诉你一个好消息，我们物理系的教授一致表决通过，决定邀请你加入我们的队伍，提供一个助理教授的职位给你。"

"太棒了。"徐子昂情不自禁，脱口而出。

"下面我们要讨论的是，怎样把你的独立实验室建立起来。我们希望你能在8月1号前答复你是否接受这个职位。"

徐子昂马上说道："我现在就答复你，我很高兴接受这个职位！"

阿伦斯迟疑了片刻，似乎对徐子昂的回答，一时还反应不过来。片刻之后才说："徐，你要慎重考虑这件事情。你还不知道工作条件和待遇，是不是该利用这段时间考虑一下，来跟我们谈判呢？"

徐子昂暗想："能拥有一个独立的实验室——量子理论实验室，而且在哥伦比亚大学这样的学术圣地，这已经是最好的工作条件和待遇，我还讨价还价什么呢？当然是好好准备面试，拿下这份工作邀请。"

他心里很清楚，哥伦比亚大学物理系共有两个助教职位，但是申请的博士后科学家就有500名，经过层层筛选，最后确定了5个人面试，真正是百里挑一。

徐子昂过五关斩六将，在物理系大厅发表了40分钟的学术报告，与6个教授一对一、进行了整整两天的面谈，终于拿到梦幻般的助教职位。

系主任阿伦斯感叹地说："徐，祝贺你，但愿你能成为我们大学我们系的骄傲！"

徐子昂没有辜负阿伦斯的期望，沿着爱因斯坦的足迹奋勇前行。他把自己的研究成果，结合妻子杨芸姗在生物学上的突破，产生了一个大胆的想法，使用量子理论定律制造一台机器，根据需要，进行量子隐形传送量子态信息。

史蒂夫读着记者们的报道，其中一个记者的报道结尾，引起了他的注意："……非常遗憾，徐子昂和杨芸姗正着手制造一台传送物质或信息的机器，在此关键时刻，一场致命车祸夺走了他们的生命，这项量子隐形传送的研究被迫终止了！"

史蒂夫敏感地察觉到，徐子昂和杨芸杉的致命车祸，与他们制造的机器不无关系。如果是这样的话，那个在圣约翰公墓的跟踪者出现在徐子昂的车祸现场，决不会那么简单，那场车祸很可能是谋杀。

他试图从图书馆的电脑资料里，调出记者们的采访视频，以便确认跟踪者的身份。同时，一个想法占据了他的脑海：按照逻辑推断挖掘下去，事情好像越来越清晰了，跟踪者似乎是冲着量子隐形传送技术来的，那么徐黄河也是他们的目标了。

　　"他们"是谁呢？

第16章

"昨天,两个活生生的人被你跟丢掉!今天,你说他们不见了,难道从人间蒸发了吗?!我问你,你说怎么办?"

马特奥板着脸,凶恶的眼神告诉对方,搞砸事情就该受到惩罚。现在的问题是,要以什么样的方式惩罚此人。

在马特奥面前恭恭敬敬站着的壮汉,浓眉大眼,一头黑发,他的名字叫安德烈·法拉利。他和马特奥的关系非同一般。他俩是发小,而且他们的父辈就是好朋友。在这个犯罪集团内部,也只有法拉利可以直接听命教父的指令,执行的通常是机密任务,像14年前的那场离奇车祸一样。

那天傍晚,家住皇后区小奈坷的徐子昂,驾驶一辆丰田载着妻子杨芸姗在北方大道上,前往布朗高中去参加儿子的毕业典礼。

当车子行驶至曼哈塞特谷公园附近,突然失去控制似的飞速撞上一棵大树,车子"嘭"的一声剧烈爆炸,发出轰天巨响,刺眼的火光瞬间将整辆车燃起熊熊大火,零部件散落一地,有些飞到了几十尺之外的地方,徐子昂和杨芸姗被困在车中,无法逃脱。

法拉利驾驶着UPD送货车,就在车祸现场。见了这个惨烈的场面,掏出手机立刻拨打911急救中心。3分钟后，救援人员赶到现场扑灭大火。徐子昂和杨芸姗被困在车内，人已烧成焦炭，根本无法辨认，后来是根据牙医的资料，确定了他们的身份。

当年的法拉利尚未混出模样，白天是UPD送包裹的小哥，晚上作为士兵（打手）在夜总会上班。就连马特奥也没有想到，法拉利第一次执行机密任务，就完成得如此漂亮。

法拉利利用休假跟踪目标，瞅准时机，在徐子昂的本田车座底部安放了一颗定时炸弹。然后他驾驶送货车，堂而皇之地盯梢，亲眼确认目标被干掉，又机智地利用货车司机的身份，以目击证人为掩护，接受了警方的调查和记者的采访。

警方的调查还好对付，他们有些人的名字就在集团的工资表上，而躲过记者的纠缠，是需要本事来巧妙应对的。

那时，约翰·鲁索还在监狱遥控家族的生意，法拉利这票生意干得实在是漂亮，深受老教父的赏识。于是，法拉利便由士兵（打手）一跃晋升为队长。

启用法拉利去执行这项秘密任务，是马特奥向老教父推荐的。这证明他善于用人，懂得什么样的人适合做什么样的事情，体现了作为领导者的风范，也因此功绩在众多兄弟中脱颖而出，奠定了日后成为集团掌门人的基石。

然而，法拉利此次的行动失利，兴许是对方难以对付，增加了完成任务的难度。到底要不要惩罚他？

马特奥阴沉着脸，在心里权衡片刻，他还是决定教训一下他的发小。因为犯错不惩罚，意味着建立功劳不奖励，这违背他管理集团的理念。

"安迪，"马特奥叫着法拉利的昵称，低沉地说道，"你知道，我得惩罚你，除非你找到他们。你必须找到他们，因为这件事情尚未了结，我暂时免去对你的体罚，扣你30%绩效奖金。你好自为之，将功补过吧。"

法拉利听完教父的判决，松了一口气，点头之后退出房间，心头不由得升起一股怨气，是史蒂夫毁了他的名声。"可恶的臭小子！"他骂道。

他一定要报仇雪耻。

第17章

"彼得，对不起。昨晚派对我没来，家里出了点事情需要我处理。"

史蒂夫从图书馆出来，在去皇后区小奈坷警察局的路上，在街边的一个公用电话亭，打电话向彼得说明原因。

电话那头，彼得关心地询问道："史蒂夫，你人在哪里呀？需要我帮助吗？"

"谢谢你！我想，我暂时不需要你帮助。"

明天就是圣诞夜，史蒂夫想抓紧时间去一次警局，调出徐子昂和杨芸姗的车祸案卷，把他发现的疑点探出个究竟来。

"好吧。那么今晚的慈善晚宴你来吗？"

经彼得这么一提醒，史蒂夫想起来了，晚上在古根海姆美术馆举行慈善晚会，善款他早已交出去了，原本他们要去澳大利亚度蜜月，根本就没有打算参加晚宴。现在徐丽丽不得不参与实验，蜜月旅行取消了，尽管他不愿意参加慈善晚宴，却说不出拒绝的真正理由，只能敷衍说："我尽量争取过来。"

"那我等你。哦，对了，这不是你的手机呀。我打不通你的手机，你没事吧？"彼得有些担心地问。

史蒂夫马上解释说："没问题。我出来买牛奶，手机在家里没带，我得走了。我们见面再聊。"

　　史蒂夫说完，挂了电话。他左右环顾，没发现什么异常情况，便拦下一辆计程车，朝皇后区小奈珂方向而去。

第18章

12月23日上午11点，距离徐丽丽遭遇意外的时间，只剩下36个小时了。

"小丽，别担心，一切尽在我们的掌控之中。"

徐黄河一面安慰妹妹，一面亲自为她准备第2次实验。昨晚，他和徐长江都没有合眼，两人共同研究延长徐丽丽在"前时空"的方案，以应对可能会发生的最坏情况。

徐丽丽望着她哥哥专注的神情，心情极度沮丧，这种时候她不该待在实验室的。她应该在某个地方度蜜月，享受人生最美好的时光。以她对史蒂夫的了解，那一定是极好的度假胜地，他们会非常快乐。

她坐在那里越想越生气，心里的愤怒终于憋不住，一股脑儿地冲着哥哥发泄出来，简直有些歇斯底里："徐黄河，为什么是我？我的不幸还不够多吗？上帝为什么要这样对我？这不公平。徐黄河，就该是我倒霉吗？我从小没爹没娘，现在连我也活不了了。我不能接受这个事实，我无法接受。反正我不甘心，我不甘心！"

徐丽丽沮丧的情绪，抱怨上帝不公平，心中无法抑制的怒火，徐黄河当然能体会。他除了拼命工作，不晓得还能做些什么。此时此刻，安慰的话语显得空洞又乏力，所以，他默然无语，什么话都没有说。

埃伦站在徐黄河的旁边，正忙碌地做着准备工作，听了徐丽丽的话心里很不好受，便连忙劝说道："小丽啊，这次你的意识去'前世空'，会和詹姆斯见面，你别担心，徐长江会帮助你的。只要我们掌握徐美美出事那天她所有行踪的一条时间线，我保证，你就不会发生意外了。"

徐丽丽听够了安慰的话语，又无法反驳他们。她心里也明白，该做的事情，她哥哥全都做了，不能做的他也在尽力地做。她一味地发脾气解决不了问题，便颓丧地叹了口气，唯有闭紧两眼，听凭哥哥和埃伦的摆布，配合他们进行第2次实验。

当徐丽丽再一次睁开双眼，第一眼见到的人，依然是年纪稍大的"徐黄河"。他和蔼专注地看着她，那慈爱的眼神犹如一股暖流，流入徐丽丽枯竭的心田。她猜想，父亲的爱大概也就这样了吧。

吉姆则在一旁带领"俊男美女"，给她做着各种体质测试，经过一阵紧张地忙碌，埃伦对徐长江说："徐，可以了，所有的指标都完好。你们可以去见詹姆斯了。"

徐长江微笑着问道："丽丽，你准备好了吗？"

"嗯。我想——我准备好了？"徐丽丽用尽全身的能量，就像上次埃伦训练她的那样，平稳地跨出一大步。兴许她是注意力过于集中了，把来到"前时空"之前的沮丧和不快，全都抛在了脑后。

"吉姆，这里我就交给你了。小丽，詹姆斯就在隔壁等你，我们走。"徐长江说着，带领徐丽丽经过层层甬道，向科研所外面走去。

转瞬间，她看见了一个未来世界。眼前掠过的是宁静的街道，无人驾驶汽车在空中自由飞行。街上的风景也不一样了，一栋栋风格迥异的摩天高楼，在绿荫丛中鳞次栉比。这里依然还是曼哈顿，却不像她居住时的那样人声鼎沸，车流穿梭，嘈杂异常。

徐丽丽望着眼前的景观，嘴巴微张，不停地环顾四周，她简直惊呆了。

他们刚走出科研所没多远，阵阵浓郁的咖啡香味，从街角的咖啡馆飘散出来。徐长江在门口站定了，微笑着说道："丽丽，我们到了。"

徐丽丽走进咖啡馆，一股舒适的暖意向她袭来：店堂内回荡着悠扬的舒伯特小夜曲，灯光也能迎合她的情绪增减亮度调换色调，四周的墙面上，大荧屏播放着滚动新闻，以及世界各地的自然美景。咖啡机齐整地放在两旁的柜台上，摩卡、拿铁、卡布奇诺总有几十种口味，从磨粉、压粉、装粉、冲泡和清除残渣全过程都自动控制，柜台内蛋糕饼干面包五花十色应有尽有。

咖啡馆内没有店员看顾，只有一台机器人在管理，室内的感测器就像"变色龙"一样，只要顾客一走进店堂，便察言观色地讨好他们。无论客人走到哪儿，都能感受量身打造的惬意，使人心神宁静。

徐丽丽正好奇地观察着，一个熟悉的男人的声音，从她的身后传了过来："徐长江，你找我来干什么呀？你迟到3分钟了，你知道我不喜欢等人。"

詹姆斯说着，从左边靠窗的位子站起来，挥手招呼走近的徐长江。不经意间，他瞥了徐丽丽一眼。这一瞥，他怔住了。

这个女子分明是"徐美美"嘛！

是她，她就是"徐美美"。他呆呆地看着她转过身来，她一双眼睛含情脉脉，似有千言万语要诉说。他看着徐丽丽说不出一句话。

徐长江早就预料会有这一幕，他不能浪费宝贵的时间，便急忙走过去说："詹姆斯，我今天找你来，是她要采访你。"说着，立刻为他们双方介绍起来："他是徐美美的丈夫，詹姆斯·李。她叫徐丽丽，是美国环球电视台的实习记者。"

徐丽丽两眼望着詹姆斯，徐长江说了些什么，她根本就没有听见。詹姆斯长得太像史蒂夫了，他俩简直是一个模子里刻出来的，仿佛是一对双胞胎兄弟。只是詹姆斯看上去更稳重，眼神更加抑郁而已。他举手投足温文尔雅，头发和胡子都精心修剪过。尤其是他那宽阔的肩膀，不知为什么，令她有靠上去的冲动。

不过，她掩饰着自己的失态，连忙伸手微笑道："您好，李先生，很高兴认识你。"

詹姆斯依旧沉浸在惊愕之中，根本没有缓过神来，听见了徐丽丽的问候，仿佛从梦中惊醒一般。他伸出右手，礼貌地握了一下她的手，然后优雅地两手一摆，请徐丽丽和徐长江在餐桌旁坐下。

詹姆斯落座在他们的对面，眼神始终没有离开过徐丽丽，心里疑惑着：她不仅长得像徐美美，就连职业也和美美一样，这也太不可思议了。

徐丽丽却单刀直入地说："李先生，我能称呼您詹姆斯吗？"

"当然。"

"谢谢，詹姆斯。那我就长话短说了。我想请你谈一谈，在你过往的生活经历中，你印象最深刻的一件事情，可以吗？"

詹姆斯专注地盯着徐丽丽，神情黯淡了下来，默不作声。片刻，他很不自然地回答道："我印象最深刻的事情，是我太太意外身亡。"心下却暗想：她说话的声音，一颦一笑都像极了美美，她们好似一对同卵双胞胎，根本分不出有何区别。若说她是美美的话，断不会称呼自己"李先生"。

詹姆斯一副黯然神伤的表情，足以激发徐丽丽作为记者的本能。她决定刨根问底，便又继续问道："李先生，您愿意说说，那起意外事件，到底是怎么发生的吗？"

詹姆斯眉头紧锁，欲言又止。

詹姆斯为难的表情，没有逃过徐丽丽的火眼金睛，这激起了她的好奇心：詹姆斯和美美之间，究竟发生了怎样的故事，会令他欲言又止？

"难道是因为您，徐美美才发生意外的吗？"徐丽丽猜测着，抛出一个犀利的问题。

詹姆斯骤然改变了脸色。这是他内心的伤疤，谁都不能触碰。他锐利的眼神盯着徐长江，又瞥了徐丽丽一眼，对她说了一声"对不起"，站起来转身就走。他的身后传来徐长江的质问："喂，詹姆斯，你还想逃避啊？你要逃避到什么时候呢？"

詹姆斯不搭理徐长江，头也不回，径直离开咖啡馆，坐上无人驾驶飞车，朝康州方向疾驰而去。

坐在回家的车上，徐丽丽的身影一直在他脑海闪现。她似乎非常了解他，富有挑战的提问咄咄逼人。她到底是谁呀？

眼看快到家门口了，车子悬在半空中，詹姆斯犹豫着是否要返回咖啡馆，去向徐长江探问个究竟？强烈的好奇心占据了他的所有思绪，弄清真相的冲动左右着他。他不再犹豫，重新设定车内的GPS，掉头向曼哈顿方向而去。

詹姆斯把徐长江约到咖啡馆，一见面，便困惑地问道："徐长江，徐丽丽到底是谁？她为什么要采访我？她和美美究竟是什么关系啊？"

徐长江看着詹姆斯没法回答，这个中的原委一下子是说不清楚的。徐丽丽因为采访失败，她的意识已经返回去了。沉默片刻后，徐长江说道："你想知道原委？那好，我让徐丽丽明天去你家，你自己问她吧。"

詹姆斯一心想得知真相，听了徐长江的话，立刻答应说："好吧，请她不要迟到。"

第19章

纽约警察局111th Precinct（第111分区），主要服务于皇后区的东北部，包括贝塞、道格拉斯、小奈珂、奥本代尔、新鲜草原和霍利斯山郡区。

史蒂夫走进警察局111th Precinct，把一身疲惫隐藏在勉强的笑容之下，向值班警探递上影印资料，做了一番简单的自我介绍，然后说明了来意："14年前，我的岳父岳母因车祸去世，事故现场就发生在北方大道上，是你们分区处理的案子。我想了解一下具体情况。"

"天啊！你来的可不是时候，明天就是圣诞夜，大多数刑警都放假了，要不是一小时有40美金加班费，我也回家了。你明年再来吧，就等一个星期吧。"值班警探劝说着，低头在身边的柜子里翻找东西。

史蒂夫大失所望："明年？我今天就想看到案宗。"

"对不起，我做不到。你看，外勤都出去办案了，内勤就我们这几个人，现在非常忙。"值班警探说着，递给史蒂夫一张登记表："你可以填一份申请，过了新年再来查看案宗。"

"如果这是一起谋杀案呢？我能看案宗吗？"

"你有证据吗？"

"没有。我岳父岳母都是科学家，我怀疑他们被人暗杀。如果今天我不能看到案宗，那么请你告诉我这个人的背景，可以吗？"

史蒂夫从带来的一堆资料中，拿出一张影印的报纸递给值班警探，耐着性子等待对方的反应。其实这篇报道他已经倒背如流，连标点符号都记下了。他本想显示一下自己的超凡记忆力。但是他转而又一想，尽管警察拿着纳税人的钱，本该帮助纳税人做事情，却不怎么喜欢自作聪明的人。他想想还是低调一点为妙。他上网"谷歌"过跟踪者，苦于没有姓名地址，找不到其他对应的线索，便希望从警察的信息网，找出此人的背景信息。

值班警探伸手接过影印件，仔细地阅读起来。片刻，他抬头看着史蒂夫说："对你岳父母的遭遇，我感到很遗憾。不过调查本案的刑警今天都不在，我没有权力查看案卷。我唯一能做的，就是等他们来上班，把你的申请亲手交给他们。请你谅解！"

史蒂夫似乎也猜到会是这个结果，在他看来警察局里大多是混饭吃的蠢货，就像眼前的这位值班警探，只会接待来客，收发申请表格，依靠这些懒汉一年能破几个案子？纳税人的钱全是用来养蠢货的。

这样一想，史蒂夫心里火起，脸色立刻变了。

这样的场面值班警探见惯了，丝毫不觉得奇怪。他跷起二郎腿，身体靠在椅背上，眼睛45度看向天花板，从鼻子里哼出一句："不是每个凶杀案，都能找到凶手的。"

史蒂夫心里惦记着徐丽丽，又着急查出跟踪者的身份，耐着性子等到此时，见值班警探这副德行，暴脾气忍不住就要爆发了。他强压住火气，提高了嗓门说道："你以为我是蠢货吗？借用FBI'清除率'的术语，今天全美凶杀案的'清除率'是64%，美国起码有三分之一的凶杀案，根本就无法找到凶手。"

史蒂夫的话音刚落，值班警探立刻放下二郎腿，身体前倾，颇感兴趣地说道："哟，看样子，你是做了功课过来的。"心下暗想：我就不信你比我还清楚。局里的凶杀案侦探说起过，公众并没有意识到，近几十年来"清除"谋杀案变得更加困难。现在对嫌疑人指控的标准太高了，现在的检察官要求警方提供"开闭案件"（Open-and-Shut Cases）——也就是事实非常清楚，易于证明或决定的法律案件，这导致了快速辩诉的交易。

史蒂夫明白警局不同于交易厅，仅靠要横无济于事，还会犯大忌惹祸上身。他得运用和发挥自己的高智商，尽快达到自己的目的结束谈话。于是他接住对方的话，调整了说话的语调："长官大人，我肯定做足功课来的。你也知道，现实的情况比数字更糟糕。我刚才说的'清除'比率，并不等于给嫌疑犯定罪。如果嫌疑人已经死了，就没有办法确定罪犯了。"

值班警探下意识地点头赞同，毕竟是吃警察这碗饭的，这些起码的数据他还是知道的。当前，依靠DNA分析等新技术，破案率相比过去已大幅提高。但是警察的形象呢，反倒大不如前，原因在于警察与公众之间不断恶化的关系。

眼下正是维护形象的良好时机，他坐直身子对史蒂夫说："你的数据可能是对的，根据犯罪学家的估计，自20世纪60年代以来，至少有20万宗谋杀案未能告破。既然你怀疑岳父母被谋杀了，我希望你能找到凶手。把你的申请表格给我，我查查看是否有其他结果。我们都不该放弃。"

"我绝对相信你能帮助我。"史蒂夫递上填完的表格，顺便恭维了一句，只想快点拿到想要的信息。

值班警探微笑道："你倒是一个明白人，我不瞒你说，案子不好破的一部分原因，是少数族裔社区的潜在证人，他们不情愿出庭作证，我们就难以识别嫌疑人。"说着，他靠近电脑开始工作。

史蒂夫见值班警探在忙碌，原本想借用桌上的电话，打给徐黄河通报一声平安。但是他转念又一想，徐子昂和杨芸姗的案子到现在还没有破，说不定在警察局的内部埋伏着威胁，他不能放松警惕。警察以国家的名义，干出杀人灭口的勾当，可以出现在《谍影重重》的情节里，也会反映在现实生活中。因为他在记者的调查报告里，发现了一个令人困惑的事实：一些汽车专家指出，丰田车在设计方面安全性能提高了许多，就算以高速被撞毁，也很少出现起火的状况。汽车在撞到大树后竟然爆炸起火，令人怀疑事件并非意外。

而纽约警方和FBI对记者的怀疑，却泰然处之。纽约警方表示，他们对车祸展开了全面调查，从对车祸现场的勘查来分析，这场车祸应该是一次"意外事故"，并无任何可疑之处。

小奈珂的地方小报——《时事小奈珂》的记者认为，徐子昂和杨芸姗之死，没有证据证明是一场阴谋。如果说这场事故完全正常，同样也会令人感到颇为蹊跷。

史蒂夫就是综合了这些情况，按照常识推理得出结论，这是人为制造的一场车祸，目的是为了掩盖真相！而颇为恼人的是，车祸背后的真相隐藏在烟幕后面，他能够感觉到却看不清楚，心里那个着急啊！

值班警探看着史蒂夫，有些得意地笑道："史蒂夫，你来看，这大概就是你要找的人。"说着，顺势把电脑荧屏推向史蒂夫。

史蒂夫凑上前去一看，荧屏上显现出来的头像是纽约警察局的嫌疑犯照片，一张正面，一张侧面，此人正是车祸现场接受记者采访的家伙，是跟踪他和徐丽丽的人。他再仔细一瞅，发现这个人的名字叫安德烈·法拉利，当年接受记者采访的时候，是UPD公司递送邮包的司机。

史蒂夫觉得很奇怪，值班警探仅凭他提供的影印件，就能找到法拉利的信息。他好奇地问道："这个人在监狱里吗？"

值班警探推开电脑，摇了摇头感叹道："法拉利的背景很厉害。他是马特奥家族的人。6年前，他在机场因为伤人罪被捕，几个小时后，律师把他给弄出去了。"

史蒂夫一怔，惊讶地问道："你确定吗？法拉利是马特奥的人？你指的是教父马特奥·鲁索？"

"这还有假？当然，你是不会知道的。怎么啦？法拉利与你岳父母的车祸案有关吗？"值班警探好奇地反问史蒂夫。

"没有。不是的——这份报纸上明明白白写着，法拉利只是一个送货司机，他不可能是马特奥的人。"

值班警探一脸的不屑，似乎逮着了教训史蒂夫的机会："我说你不懂吧，你好像还不服气。送货司机是什么？那是掩护黑手党的职业。你总该知道UPD是一家大公司，工人们都受到工会的保护。工会是谁控制的？大部分是黑手党控制的。你明白了吧？"

史蒂夫惊讶得张大了嘴，随及微笑着点点头，一副受益匪浅的表情，内心却是暗潮汹涌。这一趟警察局他没有白来，隐约嗅到了藏在烟幕后的真相的味道，颇有拨开迷雾的成就感，为揭开真相打开了缺口。

他感激地对值班警探说："原来是这样啊，谢谢你！我就说你会帮到我。我不打扰你了，我们后会有期！"说着，转身就朝门外走去。

"你再待一会儿嘛，时间还早呢。"值班警察挽留着，反正他闲着无聊，正好可以解闷。

史蒂夫摆摆手，头也没回，坚定地向门外走去。

第20章

"黄河，小丽怎么样了？她情绪还好吗？"史蒂夫站在警局附近的电话亭内，说着生疏的中文，向电话那头的徐黄河询问徐丽丽的情况。

徐黄河按照他们事先的约定，用中文回答说："她还好。"

"我今晚有个慈善晚会，我必须去参加。你告诉小丽千万别任性，乖乖待在你那里，我办完事情就回来。你懂我意思的。"

史蒂夫谨慎地选择着合适的字眼，也不敢询问第2次实验的情况，担心自己在电话里泄露重要信息，把他们姐弟置于危险的境地。

徐黄河机智地回应道："史蒂夫，你放心，你的意思我明白。"他马上要为妹妹准备第3次实验，因此无奈地说："你懂的，因为时间不够，他们还没有碰面。我不能跟你多说了，我还有重要的事情。"

"好的，你们多保重！我们随时联络。"史蒂夫说完，挂断电话。他明白"他们还没有碰面"的含义，也就是"徐丽丽和詹姆斯尚未见面"。

时间非常紧迫，已经是下午两点了，他不由得重新梳理起整件事情的脉络，以便开始下一步行动。

他觉得自己很了不起。在过去的27个小时里，他调查清楚了跟踪者的身份——安德烈·法拉利，此人是黑手党教父马特奥的人。由此可以推断所谓的车祸，十有八九是预谋的杀人案。他可以大胆断定，马特奥盯上徐子昂和杨芸姗，是冲着他们的研究项目来的，很可能要逼迫他俩交出科研成果，但他们没有服从，结果"被"车祸暗杀，杀手就是留在现场确认结果的"司机"法拉利。

然而法拉利跟踪他和徐丽丽，究竟是冲着他，还是徐丽丽参与的科学试验——由徐黄河所主导的量子隐性传送？

接下来，他该怎么办？很显然的，以他个人的力量是不可能阻止黑手党追踪的，只有国家的力量能够与之抗衡，从而保护妻子的生命安全。不过他不相信纽约警察，FBI也不是那么完全可信，不然徐子昂和杨芸姗的车祸案，不会沉寂了14年，到现在都找不到凶手。

当然，并非所有警察和FBI特工都是蛀虫，问题是他不知道应该去相信谁。而且在缺乏证据的情况下，全靠逻辑推理获得的结论，谁又愿意相信他呢？

他内心焦虑不安，站在十字路口的电话亭旁，彷徨了。

第21章

　　马特奥靠在书房的椅背上，正听着他的顾问汇报工作，此时桌上的手机铃响了。他拿起手机瞥了一眼，然后按下接听键说："嗯，你说吧，我听着呢。"他右手玩弄着手中的钢笔，两眼却盯着他的顾问，脸色渐渐地阴沉下来。

　　"你说什么？"马特奥突然提高声音，玩弄钢笔的手顿住了，显然是听到极坏的消息。他挺直了身子问道："你确定吗？"

　　片刻，马特奥听完电话汇报，按下Power键挂断手机，但是手机并没有放回桌上，而是点开相簿收藏，倏忽之间，便闪到了他的顾问身旁。他凑近属下的耳朵，指着相簿里的两个头像说："他，还有他，马上做掉，你明白吗？记住，不许有闪失，必须干净利落。"

　　"教父，你确定吗？"顾问压低声音，小心翼翼地问了一句。

　　"嗯。他已经暴露，我们没有选择，你去吧。"

　　马特奥见他的顾问关门走出书房，便按响桌旁的电铃，秘书马上推门进来了。他声音低沉地吩咐道："给我准备两百万美金。"

　　"教父，是准备现金吗？"秘书问。

"他妈的，不是现金，难道是金条吗？"

马特奥深沉富有力量的男中音，原本听着悦耳温暖直抵人心，却因为愤怒变了腔调，犹如远古之灵的嚎叫，恐怖得令人窒息。

"是，我这就去办。"秘书毕恭毕敬答应着退出房间。以他伺候马特奥多年的经验便可知晓，又发生重大事件了，这种时候最好闭嘴，把吩咐下来的事情做好。

第22章

徐丽丽听从史蒂夫的劝说，留在科研所的实验室，没有跨出大门半步。第2次试验结束后，她躺在休息室的床上休息，等待着徐黄河的安排。

在过去的29个小时里，徐黄河联合"前时空"进行了两次科学实验——量子隐性传送，创下了人类的历史奇迹。但是由于时间紧迫，徐丽丽的意识停留"前时空"的时间有限，徐美美出事那天的时间线，她还来不及去调查。听她哥哥说，这是一个必须攻克的科学难关，也是一个系统性的工程。

下午5点整，距离徐美美发生意外的时间，只剩31个小时。

徐黄河和埃伦几乎没有睡觉，他们联合"前时空"的徐长江，决定进行第3次量子隐性传送试验，延长徐丽丽在"前时空"的时间。

下午5点整，徐丽丽的意识再次被传送到"前时空"。这一回，她经过体能和数据检测后，因为有了前两次的经验，很快便能熟练而从容地行走了。

徐长江带着徐丽丽，坐上无人驾驶飞车，渐渐地远离曼哈顿的摩天高楼，向着康州方向开去。

夕阳西下，大街上一栋栋错落有致的小洋楼，被天边的晚霞染成了红色，掩映在繁茂的灌木丛中。片刻，飞车停在一幢红砖绿瓦的洋房前，前庭诺大的草坪，从大路一直延伸至大门边，道路两旁是修剪整齐的冬青，与周边设计新颖的楼房相比，这幢小洋楼显得有些格格不入，显得很破旧，并且已经过时了。

徐丽丽站在庭院旁，惊异地发现，这分明是她和史蒂夫共同打造的"家园"，时间仿佛静止了：门前挺立着两棵凤尾树，一串风铃挂在屋外的檐廊上，是她用硬盘磁片制作的，送给史蒂夫20岁的生日礼物。

不过待她走近细看的时候，连接磁盘的尼龙绳经过风吹雨淋，已由鲜红蜕变成暗红色。她瞪大了眼睛，看着徐长江说不出话。

"你是想说这是你的家，风铃是你做的？"徐长江替代徐丽丽，说出了她的疑问。未等她做出反应，徐长江肯定地说道："这串风铃是美美送给詹姆斯的生日礼物。自从美美去世以后，詹姆斯一直很自责，几乎与朋友断绝了往来。他坚持住在老房子里，房间的摆设还是原来的样子。"说着，他走到门前，门自动地打开了。

詹姆斯坐在书房的沙发上，从监控器的荧光屏上看见他们，便通过电子远程控制打开房门，来到客厅招呼他们："你们好，请进。"

徐丽丽走进客厅，环顾四周，没有一点陌生感，很自然地坐在了沙发上。她抚摸着老旧的沙发和茶几，抬眼望去，音响、落地灯、花瓶、光盘架子全是她熟悉的，只不过陈旧一些而已。

她正环顾客厅的摆设，詹姆斯端着一杯加了柠檬片的"伯爵茶"，摆上了茶几。

"请喝茶。"詹姆斯客气地说。

"谢谢。"徐丽丽端起杯子，闻了闻杯中的茶香，只觉清香宜人，遂轻轻地啜了一口，便放下茶杯。她拿出手机按下录音键，然后看着詹姆斯，语气温柔地像个小女人："我可以采访您了吗？"

詹姆斯注视着徐丽丽，她喝茶的模样像极了美美，便忍不住地反问道："你为什么要采访我？请给我一个理由。否则我还是会拒绝你的。"

"对不起。我不想打探您的隐私，因为您的回忆对我非常重要，这关乎我的生命安全。"情急中，徐丽丽忘了自己的记者身份，竟在采访中，下意识地掺杂了个人的私事。

徐长江连忙补充说："詹姆斯，今天徐丽丽采访你，你能保密吗？"

"当然。"詹姆斯渴望知道徐丽丽是谁，为什么她长得和徐美美一模一样。

听见詹姆斯的许诺，徐长江松了一口气，然后坐在詹姆斯对面，向他说明徐丽丽的真实身份。

詹姆斯听着听着，一脸疑惑地看着徐丽丽，心下暗想："她是徐美美的克隆体？这怎么可能呢？只有在科幻电影里，才会出现这样的情景。"

詹姆斯脸上的异样表情，徐长江觉察到了。正如他预料的那样，即使再聪明的人，也无法一下子接受眼前发生的事情。徐丽丽生活的时空，原本应该紧随"前时空"的时间线，按部就班一点点地向前行进，这是地球上两个时空同时运行的大趋势。

这就像热力学的理论所阐述的：在多粒子系统中，单个粒子的运动无法描述，但是大量粒子的运动是可以非常精确描述的。这就好像以百兆计算的人口数量，前提是达到了统计学的数量级。这种时候如果预测一个人或者少数人的未来是没有可能的，但对于达到百兆数量级的人类社会动向，则完全能通过统计科学的计算，预知未来各国的经济、国界、兵力、人口数量，以及即将发生的事件。

也就是说，时空运行的大趋势是不会改变的，但是中间如果出现了变异，就像这两天他联合徐黄河，把徐丽丽的意识传送到"前时空"来，相当于人为干扰了她那个时空的正常运行。不过这起小的"变异"事件，还不足以改变大趋势。但是未来如果她生活的时空人为干扰过度，出现"大变异"事件，就必须进行人为纠正，整个时空的运行才会重返到大趋势中来。

这都是他和徐黄河的思想实验，至于未来那些变异事件究竟怎样影响大趋势，只能等待事态的发展程度了……

徐长江看着詹姆斯，想要对他解释这些原理，可是徐丽丽留在这里的时间有限，便只能简要地说明情况："詹姆斯，你现在知道了。丽丽和美美的关系很微妙，现在的问题是，美美28年前发生的意外，在28年后的相同时间，也将发生在丽丽的身上。她采访你的目的，是想知道美美意外发生之前的时间线，避免意外再次发生。时间紧迫，你能告诉我们，这起意外是怎么发生的吗？"

詹姆斯听了一怔。如果情况真的像徐长江描述的那样，过去发生的那起事件，对徐丽丽可能会有帮助。他不再犹豫了，缓缓地讲述了他不愿面对的往事：

2019年12月22日星期天，我和美美在市政厅领取了结婚证，然后我们去圣约翰公墓，祭奠父母亲，把结婚的好消息告诉他们。我预定了圣诞夜去悉尼度蜜月，在去度蜜月之前，我们俩还要去上班。12月23日，也就是婚后第2天，我去参加每年一度最大规模的慈善晚会，本来美美答应我一起去的，结果她没去成，说是有一个采访任务。

我有些生气，在派对上闷闷不乐，喝了一些威士忌，待了一会儿觉得没意思，抬腕看表已经晚上8点47分，就想早点回家去。本来我已经有点醉了，走到门口的时候，被我的女秘书海伦给缠上，半醉半醒地去了宾馆，做了对不起美美的事情。

酒醒之后我很羞愤，何况还在新婚蜜月之际，感觉被人给玩弄了，便警告海伦，不要纠缠我，如果再发生类似的情况，我就报警。

海伦却威胁我说，她暗恋我很久了，只要我敢报警，就把我出轨的事情告诉美美，还打开视频给我看，她和我在床上的鬼模样。

我岂能任由女人摆布？

当天晚上，我毫不犹豫地黑客侵入海伦的电脑，想把那段视频毁掉。但无意中发现，她是一个国际邪恶组织的成员，正进行一项破坏科学研究的勾当，目的是控制全球金融界，她的组织便可渔翁获利。我恍然大悟。海伦接近我，绝不是暗恋我，而是利用我在金融界的影响和能力，企图要挟我配合他们的行动，所以才拍下视频，达到控制我的目的。

获知这一情况后，我首先考虑的是美美的安全。美美是一名记者，经她手的任何事情只要露出一点蛛丝马迹，她都会顺藤摸瓜刨根问底。

因此，我迅速制定了两个计划，一方面故意疏远美美，免得她遭遇不测。另一方面与海伦周旋，假装与她亲热，使她的计谋落空。结果美美误会了我，以为我移情别恋，取消了悉尼的蜜月旅行。

在跨年晚会上，海伦一看见我，便寻找机会纠缠我。我担心被美美发现，千方百计躲避海伦，可是意外还是发生了。海伦纠缠我的场面被美美撞见，她一气之下转身离去，下楼梯的时候不小心踏空一格，身体向下翻滚下去。这时大家正看着电视屏幕，与纽约时代广场一起倒计新年来临："8，7，6、5……"

美美被及时送进医院，因为是额头先着地，她的脖子摔断了，最后——

说到此，詹姆斯停顿了。他抬头看着徐长江，站起来，弯腰向他鞠了一躬，面带愧疚地说："对不起，长江，我没有照顾好美美。"

徐长江感到相当震惊。

美美遭遇意外的背后故事，今天詹姆斯要是不说出来，他可能一辈子都不会知道。现在他理解詹姆斯了，28年来缄口不谈那次意外。其实他早就原谅詹姆斯了。当下的人都活在现在和未来，唯独詹姆斯活在过去，他把自己关在"心"造的监狱里，像给自己判了无期徒刑，直到今天还在惩罚自己。

他也更加担心徐丽丽了，原本平行运行的两个时空，一前一后，是不该出现交叉点的。然而刚才听了詹姆斯的话，发现丽丽和美美的时间线，有时候重叠交叉，有的时候平行向前，印证了他和徐黄河的思想实验——由于人为的干扰，出现了"变异"事件。徐丽丽和史蒂夫在墓地被人跟踪，就是典型的"变异"插曲。

而徐丽丽听了詹姆斯的叙述，反倒稍感安心，发生在徐美美身上的事情，并没有像她哥哥描述的那样，在她的身上复制一遍。也只有他们结婚的那天，她和史蒂夫去圣约翰墓地祭拜父母，确实和徐美美是重叠的。这究竟是什么状况呢？她不由得在心里产生了疑虑。

但是徐长江却焦急地说："詹姆斯，你不必再纠结过去了。现在我需要你回忆一下，在那个特殊的12月，你和美美在一起的时间、地点，以及接触了哪些人，都罗列出来，最好能精确到分、秒。"

徐长江话音刚落，徐丽丽之前的恐惧感又回来了。今天恰巧是12月23日，28年前詹姆斯去参加慈善晚会，史蒂夫今晚也会去的。这是她哥哥给她输液的时候，为了让她安心参与第3次试验，证明史蒂夫很安全，晚上还会参加慈善晚宴。这件事情又与詹姆斯是重叠的，只是时间还没有到，尚未发生而已。

而且她已经预先知道：12月31日，她就要意外身亡！这本是天机，不可泄露！

绝望中，徐丽丽想起临行前她哥哥说过的话，便连忙请求道："詹姆斯，如果可以的话，请您把徐美美的时间线，给我列出来好吗？"她的声音带着哭腔，就差把"我不想死"给说出来了。

詹姆斯看了看徐丽丽，又瞧了瞧徐长江，露出好奇的眼神。

徐长江本想解释说："詹姆斯，捋清美美的时间线相当重要。一个不同的决定，不管是大是小，由于时间线改变了，一个接着一个的时刻、一个接着一个的选择，所有的事情都会变得不同。通常人们不知道事情会发生变化，因为他们根本就不记得了。幸好，你记忆力超群，你记得。"

但是还未等他开口，埃伦的全息影像出现了，焦急地对他说："长江，丽丽时间不多，她必须回去了。"

徐长江不得不站起来说："丽丽，我们得走了。詹姆斯，我会告诉你所有一切，请等我的信息。请原谅你自己吧，不要再把自己关在'心牢'了。"

詹姆斯在疑惑中，目送他们离开。

······

第23章

在纽约的古根海姆美术馆，正举行每年一度最大规模的慈善晚宴，红地毯从远处的街道一路铺向大门口，道路两侧记者们架起"长枪短炮"，捕捉着眼熟的采访对象。

从豪车上陆续走下盛装出席的各界名流，他们中有华尔街银行家、身份高贵的名媛，还包括好莱坞巨星、体育界明星和时装界的巨头，可谓群星璀璨。

今晚，这些社会精英聚集于此，为"人类干细胞基金"捐赠款项，单张入场券就要10万美元，一桌酒席起价100万美元，相当昂贵。

眼看2019年即将成为历史，2020年渐渐逼近，这些亿万富豪真是悲喜交集，称2019年为百年一遇的年份——美国国会通过了一项法令，只要在年内去世，富豪们的巨额财产便可全部留给后代，政府无权"夺走"一分一毫。

然而富豪们却无法欢天喜地，反而感到极度悲哀。因为保证财产不被政府"盘剥"的前提，得赶在12月31日之前死去。于是他们见了面便互相调侃："他妈的，要是那天老子躺在病床上，得把浑身的管子全拔掉，去赶赴死期，我的子孙后代才能继承全部财产？"

"去他妈的政府！我偏不交税。"

可以说在这个世界上，没有人情愿把辛苦赚来的钱，交给政府去随意支配，这是人性使然。所以欧美国家的政府制定了严厉的税法，尤其是美国的税法相当复杂，法律条款繁多，其中的细则更是数不胜数，交付遗产税被视为天经地义。英国人称遗产税为"逝者之责"（Death Duties），而美国人则称遗产税为"死人税"（Death Tax）。

富豪们面对政府的"苛捐杂税"，自有一套"逃税"的方法。他们聘请顶级税法律师、会计师和金融分析师，去寻找法律的灰色地带，善用"合法"途径委托华尔街投行，通过掉期交易度身定做股权收益掉期合约，来免交政府高昂的税额，多则"合法逃税"5000万美元，少则1000万美元。因为股权收益掉期合约不是证券，完全不受任何监管，也不必向任何人披露，包括权力大过总统的税务局。

顶级富豪们捐赠巨额财富——设立慈善基金，也是不愿意"被"交税的合法"避税"途径。他们选择自认为最需要关注的领域，展开慈善捐款活动。

像今夜的慈善晚宴组织者——美国的顶级富豪詹森家族，在19世纪末，设立了一个家族慈善基金，规模高达38亿美元，是当年规模最大、操作最透明的私人基金，主要目的是在全球范围内提高医疗保健水平。

詹森基金隶属非经营性私人基金，这是美国国税局（IRS）特别给富豪制定的一条税法条例——501c（3）条款。按照501c（3）条款，富豪建立的非经营性私人基金可以完全免税。为了保持慈善基金合法免税的资格，詹森基金会每年至少捐出其资产的5%，也就是说，每年起码得捐献两亿美元。

但是话又说回来了，任何举动都不会是无缘无故的，背后总有潜在的动机，列维·詹森也不例外。

詹森基金的创始人列维·詹森，是伴随第二次工业革命兴起而暴发致富的企业家，詹森制药创立于1850年。

早期的詹森制药是以生产化工产品为主的化学品公司，药物制作只是公司经营范围之内的一个分支。1861年美国南北战争爆发了，这就给了詹森公司发展的绝好时机。在战争中，詹森向北方军提供了大量的药品，公司随着战争的进展而迅速发展，成为全美规模较大的化学品生产企业。

南北战争结束后，詹森制药的主要产品是柠檬酸，直到1928年亚历山大·弗莱明发现青霉素，公司便介入了抗生素的生产，企业的重心也逐渐转移至抗生素领域。在长达10年的时间里，詹森制药对发酵工艺进行了深入研究，成为发酵技术的先驱者之一。

1939年，第二次世界大战爆发了，这又给詹森制药一次发展的良机。

成功，是留给有准备的企业家的！

当年，詹森制药是唯一使用发酵技术来生产青霉素的企业，不仅产量极高，而且生产成本低廉。在整个二战期间，詹森向美国军方提供了大量相对廉价的青霉素，公司也利用这次机会飞速扩张。

第二次世界大战结束后，詹森制药没有停止前进的脚步，公司投入巨资加强了药物的科研开发。1951年，詹森制药成功研发了广谱抗生素——土霉素，紧接着便是四环素和吡罗昔康，全是医学界的经典药物，为公司带来巨大的经济利益。

在以后的40多年里，詹森制药继续投入巨资研发新药物，与此同时，斥巨资相继收购了基因医疗开发公司——融利、美国抗癌药物制造商——美迪、生物制药公司——安科。

从20世纪90年代中期开始，詹森制药陆续分拆旗下的动物保健业务、婴儿食品业务，通过首次公开上市出售少数股权，将获得的几十亿美金投入扩大再生产，在全球总值300亿美元的动物保健品行业中，成为规模最大的企业。

时至今日，詹森制药市值已经超过700亿美元，公司总资产高达两万亿美元，全球员工人数多达9万名，称其为医药界的巨无霸，一点都不为过。

詹森家族的财富，也越来越多地以证券形式，延传到了第5代——卢卡斯·詹森的掌控之下，他拥有自家公司的大量股票。

而卢卡斯正值生命力最旺盛的年纪，膝下有二子一女，按照国会通过的新法律，如果他赶不上2019年走进天堂，那么到了2020年，如果他将财富作为遗产传给儿女，免税额为100万美元，由其子女分摊，剩余的财富按遗产税率55%来计算，以转移产权生效之日的收盘价核算税额，他的儿女在接受遗产的当日，必须缴纳275亿现金的遗产税。

卢卡斯即便再富有，也不会愚笨到在保险箱内，留存如此一笔巨额现金。然而他也无法出售股票。按照惯例，大股东出售股票必须经由董事会同意。如果卢卡斯一意孤行，为了儿女的利益抛售股票，那么詹森制药的股价就将狂跌，攥在手里的股票还有什么价值呢？最聪明的做法，就是把股票转赠给以詹森命名的基金，想怎么花就怎么花。

卢卡斯像管理企业那样，精心经营着家族基金，还能落得一个慈善家的美名，何乐不为呢？

有鉴于富豪们都想长命百岁，最好能够活500年，因此开发人类干细胞的研究，一定能满足这些富豪的需求。目前，干细胞的移植治疗技术，已实现人体各个器官的修复和更新，能消除80%以上的疾病，像人们最为惧怕的癌症，尤其是脑癌的扩散如此迅速，传统的医疗技术几乎无法治愈它。

不过在詹森制药研究人员的努力下，事情竟然峰回路转。他们在小白鼠的大脑内，注射由基因工程获得的成人干细胞，用以把另外注射的无毒性物质转化成抗癌剂。几天之内，成人干细胞迁移到癌变区域，注射物可以减少80%的肿块。

紧接着，他们将胚胎干细胞催化为神经干细胞，接着成为运动神经细胞，并最终成为脊髓运动神经细胞。这种细胞在人体内的作用，是从脑部到脊髓的信号传播，使新产生的运动神经细胞表现出电活动——一种神经活动的基本特征，对病患注射干细胞并进行分化，可用于治疗帕金森症，或外部原因造成的脑损伤，使他们有可能重新获得丧失的身体机能。

也正因为詹森制药在医药界的影响力，由卢卡斯倡导的"人类干细胞基金"，旨在延长人类的寿命，富人们求之不得，纷纷如众星捧月般地前来捧场。他们成双成对从礼宾车上走下来，优雅地踏上红地毯，任由记者们提问和拍照。

只见史蒂夫穿一套黑色晚礼服，大冷天的，也不加一件外套，独自一人坐着计程车就过来了。下车的时候，他故作淡定，左顾右看，额头上似乎还冒着汗。他那有别于其他贵宾的模样，一踏上红地毯，便引来好几个记者的注目，他们走上前来团团围住他。

史蒂夫却昂起头，并不搭理人家，高傲得像一座行走的冰山，匆匆地进入美术馆大厅。

大厅内人头攒动，几百个人推来搡去的，又吵又热。史蒂夫被人流推搡，不由自主地来到临时吧台旁，顺手拿起一杯红酒，一边喝着，一边向外突围，目光越过人流，在摆满宴会桌的大厅里，寻找自家公司的宴席台面。

他必须尽快找到彼得，得借一些现金以备不时之需，因为未来的事情不可预测。他可从来没有为金钱犯过愁。但是这一天折腾下来,买了身上这套晚礼服之后,身上就只剩几块钱了。他也不敢去ATM机取钱,担心暴露行踪,周围同事带足现金出门的,也只有老上司彼得了。

刚才,他去百货公司买西装的路上,经过一家电器商店,橱窗里偌大的电视屏幕上,新闻主播童·凯蒂正播报地方新闻,一名警官的头像在荧屏的右上角,看着很眼熟。他敏感地放慢脚步,仔细地打量起来。

今晚5点10分,纽约警察局111th Precinct(第111分区)的警员汉瑞·摩尔,与他的搭档埃里克·克拉克在皇后区小奈珂巡逻。他们见一个黑人男子在左前方一边走,一边调整裤腰带。

根据纽约市警察局局长威廉·布拉顿的说法,摩尔要求黑衣男子停下来。黑人男子转身便朝警车射击,至少开了两枪。摩尔被击中头部,所幸他的搭档埃里克·克拉克没有受伤,正当防卫一枪击毙了黑人男子。经调查,该男子名叫布莱克·威尔。

汉瑞·摩尔是纽约警察局警官的儿子,今年26岁,2014年毕业于纽约市警察学院,在他5年的职业生涯中,共逮捕了150多人。

枪杀汉瑞·摩尔的是一把.38口径金牛座左轮手枪(.38-caliber Taurus revolver),警察认为,那是乔治亚州佩里的一家商店被盗的手枪。

这则新闻令他大吃一惊。在小奈珂警察局接待他的值班警探,就是汉瑞·摩尔。当时摩尔穿着深蓝色的警察制服,右口袋上方佩戴着警徽号码和姓名牌,他只瞥了一眼便记下来了,想着以后调查案子可能用得着。现在看来,他永远不会再见到摩尔了。

这样一想,他感到胃里一阵翻腾,恶心得只想呕吐。摩尔被枪杀绝非偶然事件,一定和他调查安德烈·法拉利有关。兴许摩尔得知了真相,可能已接近事实的真相,他们恐惧和害怕了,便采用极端的方法——灭口,来保护自己。这说明他的调查方向是正确的。

他马上联想到，摩尔的父亲是纽约警察局的高官，熟悉白道和黑道上的人物，能帮助他找到安德烈·法拉利——车祸案的目击者，这个"目击者"很可能就是杀人凶手。

时间紧迫，他得去一趟汉瑞·摩尔的家，向他父母说明事情的前因后果。他们有权知道儿子被杀的真相。无论如何，至少他可以相信摩尔的父亲，因为他们有着共同的敌人。

然而他转念又一想，越是这种时候，摩尔的家里越会聚集很多警察，多半是前去慰问的，也不乏盯梢他父亲的内奸。他得等到半夜人群散尽，秘密地前去拜访。在夜晚等待的这段时间里，他也一定会被追杀，而躲在密集的人堆里，才是最安全的。他想到了这里的慈善晚会。

眼看晚宴即将开始，史蒂夫端着酒杯四处张望，寻找熟悉的面孔。他终于看见总裁彼得·瓦拉赫，慢慢地往自己这边挤过来。此时此刻，他倒不着急去打招呼，装作悠然地站在原地，等着彼得走过来。

不一会儿，彼得走近史蒂夫，用纸巾擦掉额头上的汗珠，牢骚满腹地嚷嚷道："他妈的，这里就像桑拿浴场，糟透了！史蒂夫，你倒是挺悠闲的啊！"

"我悠闲？我——"史蒂夫刚想抱怨"我差点去见上帝"。但他立刻意识到，在过去的21个小时内，但凡与他接触过的人，不是被打伤，就是命归西天，不能让彼得为了他惹上麻烦。因此话到了嘴边，又生生地被他给咽下肚子。

"你怎么啦？今晚就你自己吗？徐丽丽呢？"彼得微笑着问。

"丽丽突然有采访任务，今晚不能来了。"史蒂夫撒了一个慌，见边上没有别人，便凑近彼得的耳边说："我遇上了麻烦，你身上有现金吗？"

彼得注视着史蒂夫，随后狡黠地笑道："你还缺钱花？那就多做几笔交易嘛！他妈的，今天市场糟透了，你知道吗？好吧，你需要多少钱？"

"你身上有多少？全给我。"史蒂夫毫不客气，恨不得自己动手，把彼得身上的钱全部搜出来。

"我的天啊，史蒂夫，我相信，你他妈真的遇上麻烦了。"彼得说着，从西装上衣袋里掏出一摞美钞，整整齐齐地用金票夹扣着。他猛一抬头，见史蒂夫直勾勾地盯着他手上的钱。他本想给自己留下几张绿票子，等慈善晚会结束，可供自己寻欢作乐，现在看来没指望了，便不情愿地把一摞美钞递给史蒂夫。

史蒂夫接过一沓美金，像洗牌一样检阅了一遍，全是百元大钞，总有5000美金这么多，便赶紧笑道："谢谢！等我上班了再还你。"

"史蒂夫，你他妈的要这么多钱。你到底惹什么麻烦了？需要我帮忙吗？"彼得关心地问。

彼特话音刚落，一个女人尖细的声音，从他们的身后飘过来。"哟，史蒂夫，你又惹什么麻烦了？也不来上班，你有麻烦我能帮忙的呀？"

史蒂夫不用回头，就知道是女秘书海伦·巴特拉。不知道她什么时候来到他们身边的。

史蒂夫瞥了海伦一眼。

海伦身穿一款红色露背礼服，裸露着细腻光洁的背部，亮丽而耀眼。

彼得盯着海伦细腻的肌肤，两眼冒着垂涎的目光，像饿狼见着了猎物，恨不能一口吞下去。他身体贴近海伦，笑眯眯地说道："亲爱的海伦，史蒂夫可不需要你。今晚我太太没有来，你来陪我吧。"

海伦正想说什么，可抬眼一看，发现徐丽丽站在她的对面，眼神里带着敌意，恶狠狠地看着自己。她尴尬地笑了一下，极力掩饰着不自在，悻悻然地移到了一边。

史蒂夫看见徐丽丽，大吃一惊，极为焦急地问道："丽丽，你怎么来了？你的采访任务结束了？是谁让你来这儿的？"

彼得见了徐丽丽，立刻开起了玩笑："徐丽丽可是大侦探哦，她为什么不能来呢？"

"彼得，你好。"徐丽丽把脸凑过去，与彼得行了个贴面礼，却把海伦晾在一旁。

在徐丽丽看来，海伦的露背红礼服，红得像一团燃烧的火焰，诱惑着史蒂夫往陷阱里跳。情急中，她不假思索地走上前，拽住史蒂夫的衣袖说："我们走吧，我累了。"

"海伦，史蒂夫今晚没空陪你，你还是乖乖地陪我吧。"彼得盯着海伦，带着命令的口吻。

海伦瞪了徐丽丽一眼，慢悠悠地走到彼得身边，挽起他的臂膀，极不情愿地说道："好吧，彼得，我们走。"

"史蒂夫，既然你不去悉尼了，明天小区的慈善派对，你一定要来啊。"彼得临走，不忘提醒史蒂夫。

"我知道。"史蒂夫答应道。

徐丽丽挽着史蒂夫的臂弯，看着海伦的背影，暗自欣喜："哼，你这不要脸的坏女人，让你的阴谋见鬼去吧。"这样一想，她放心了，得意地露出了喜色。

史蒂夫在一旁看着徐丽丽，非常生气。他分明关照过徐黄河的，千万别让她离开科研所，外面太危险了。她为什么不听话非要来呢？她简直是拿生命当儿戏。

他放下酒杯，一句话也不说，拉起徐丽丽的手，走出拥挤的大厅，离开古根海姆美术馆。

第24章

在平行时空科研所，徐黄河不停地抬腕看表，内心异常焦急，担心妹妹发生意外。

晚上8点10分的时候，徐丽丽的意识顺利地返回了，给他们带来非常有价值的信息。他经过仔细分析和研究，确定了一个事实：詹姆斯掉进了别人设下的陷阱，那么徐美美的意外身亡，就不是简单的意外事件。

这一发现就已经够他震惊的了。孰料，一个意想不到的大危机，在他毫无思想准备的情况下，突然发生了。

徐丽丽完成第3次试验后，经过短暂的休息，趁着他专注研究"前时空"信息的当口，留下一张字条，蹑手蹑脚地溜出科研所，直奔古根海姆美术馆。

等他发现的时候，抬腕看表，已经是晚上8点30分了。他明白，她争分夺秒赶去慈善晚会现场，是想把意外事件扼杀在摇篮里。幸亏，他事先做好了准备，在他妹妹的手臂内，植入了一颗芝麻粒大小的芯片——一枚隐形追踪器，兼具了摄像的功能。所以，他能够同步收到图像，也能听见她和别人的对话。

结果，在慈善晚宴上，他妹妹利用从"前时空"获取的信息，自说自话单独行动，成功阻止了海伦的阴谋，却因此闯下大祸。

他妹妹在"前时空"获得的信息，实际上就是天机。如何运用天机挽救她的生命，应该经过他和徐长江的精确计算，必须按照方案去执行。

俗话说"天机不可泄露"！

他妹妹的所作所为，无异于泄露天机，破坏了正常运行的时间线。由于时间线改变了，接下来的每一个时刻，所有的事情都会变得不一样。即使詹姆斯记忆力超群，也会失去优势。因为未来要发生的事情，再没有人能够预先知道了。

徐黄河急得像热锅上的蚂蚁，想要出去找他妹妹，但手头的事情又耽搁不起，徐长江随时会联络他。不过，让他感到欣慰的是，史蒂夫会用自己的生命，来保护丽丽的安全。而且他妹妹身上又有隐形追踪器，这就给了他采取应急措施的时间。

眼下，他唯有加快研究的速度，与时间赛跑了！

如果有两种或两种以上的方式去做某件事情，而其中一种选择方式将导致灾难，则必定有人会做出这种选择。这也就是墨菲定律所阐述的根本内容：如果一件事情有变坏的可能，不管这种可能性有多小，它总会发生的。

徐丽丽因为击碎了一桩阴谋诡计，感觉她和史蒂夫安全了，心情马上好起来了。她一走出古根海姆美术馆，便挣脱了史蒂夫的手，伸了一个大懒腰，深呼一口气，整个人立刻轻松了许多。

她渐渐地发现，似乎只有自己在高兴，史蒂夫一副很生气的模样，便走近一步问："你怎么回事呢？好像谁欠了你钱似的。是我破坏了你的好事情，是吗？"

史蒂夫本来就生气，听了徐丽丽的话就更来气了："你说的这是人话吗？你是不是偷跑出来的？你知道外面有多危险，现在你连徐黄河的话也不听了吗？"

史蒂夫生气的样子有点可怕。徐丽丽一看就明白，他是在克制内心的愤怒。她觉得自己很委屈，刚才的好心情一下子消失，气呼呼地不作声。不知怎么的，她忽然怀念起"前时空"的詹姆斯，喜欢他宽阔的肩膀，盯着她的犀利眼神，其实是很温暖的。

刚才，第3次试验接近结束的时候，她坐着徐长江的飞车，从詹姆斯的家里出来。返回曼哈顿的半道上，詹姆斯驾着车追上他们，非常郑重地说道："丽丽，我能和你聊两句吗？"

詹姆斯的请求，立刻被徐长江拒绝了："对不起，丽丽必须回家了。"

詹姆斯非常坚持。

兴许，詹姆斯是舍不得就这样放她走吧。她猜想。28年前，詹姆斯没能保护好美美。眼下，她排除万难来到"前时空"，他无论如何要表达一番心意。

詹姆斯带着请求的语气，对徐长江说："我想请她吃个热狗，10分钟。"

"好吧，最多5分钟。"徐长江勉强同意了。

他们来到Gray's Papaya热狗店，这是纽约人最喜爱的街边小食，史蒂夫也喜欢热狗，他们常常光顾这里。

她很惊奇，Gray's Papaya居然还在营业。不过眼前的这个店堂内，已改为全自动操作，顾客携带内置感应器进入店内，迅速将信息传至系统的中央电脑，自动登录互联网确认身份，购物后通过网上银行账户支付账单，简单便利。

徐长江陪她走进店堂，便知趣地坐在远处，尽量避开他们的视线。

已经过了晚饭时间，店堂内顾客并不多，她靠窗坐着，抬头望着井然有序的飞行车，窗外悠然行走的人流，再掉头，詹姆斯端着饮料和热狗向她走来，仿佛有一股强有力的时空穿越隧道，把他们带到具有交集的时空。

"这是椰子香槟，你大概会喜欢的。"詹姆斯说着，把热狗和两杯饮料放在她跟前。

"谢谢。我不喜欢椰子香槟。"她分明是喜欢的，却故意生硬地推开饮料。

"是吗？那你喝我这杯。"詹姆斯狡黠地看她一眼，把自己的葡萄汁推到她跟前说："很抱歉，美美喜欢不带酒精的椰子香槟。28年前，我俩中午经常光顾这里，美美也喜欢靠窗的位子。"

詹姆斯一声声"美美"地叫着，她听了心里很不是滋味儿，便赌气地拿起葡萄汁"咕嘟咕嘟"地灌下肚子。5分钟一晃就过去了，他们也没说什么话，现在想来，她是否向詹姆斯传递了一个信息。她是吃美美的醋了吗？

她这样想着的时候，脸上泛起一阵红晕，幸亏夜色昏暗，史蒂夫没有发现。

此时此刻，史蒂夫正后悔呢，因为刚才没有控制好情绪，差点大发脾气。冷静下来仔细一想，眼下妻子身处危险的境地，被死亡的恐惧和威胁所包围。即便她说了过激的话，做出不可理喻的事情，那也是很正常的。他应该理解她，让她感到有所依靠，尽可能给予帮助才对。

史蒂夫见徐丽丽默不作声，也不知怎么安慰她，想着自己还要去汉瑞·摩尔的家，暗中调查安德里·法拉利的情况。他必须抓紧时间，便重新握紧徐丽丽的手，语气平和地建议道："丽丽，你的处境依然很危险，趁现在没人跟踪我们，我送你回科研所。你觉得呢？"

徐丽丽心里很明白，史蒂夫还有重要的事情要去办，是为了救她。她不能拖他的后腿。她点点头，无奈地同意了。

史蒂大带着徐丽丽，换乘了4辆计程车，绕着曼哈顿兜了一圈，确定身后没有"尾巴"，这才迅速地闪进"烙铁大厦"。

当他们走进科研所的接待室，徐黄河心头悬着的石头落地了，但是表情却相当严肃，有些生气地责怪道："丽丽，你闯大祸了。你怎么能自说自话，独自出门呢？从现在开始，你不能单独出门，你听见了吗？"

徐丽丽却得意地解释说："徐黄河，你还不知道，威胁我的警报，刚才被我解除了。"

"你还说呢。你贸然掐断了时间线，现在你每分每秒都会有危险。所以不能再独自外出。"

徐黄河遂把自己的研究结果，告诉了妹妹和史蒂夫。

徐丽丽和史蒂夫听了之后，面面相觑，忐忑不安了。刚才她还神采飞扬的，顿时眼神黯淡了下来，急躁地问道："那我怎么办？"

徐黄河的态度非常坚定："丽丽，你不能再任性了，这关乎你的生命安全！过了这个月，你才可能会安全。知道吗？"

徐黄河已经和徐长江商量好了，他们决定采用对比的方法，把史蒂夫在12月份发生的事情，详细地记录下来，再把詹姆斯在"前时空"曾经参加过的每一场派对、说过的每一句话、到过的每一个地方、做过的每一件事情进行对比，找出它们之间的差异，整理出一条新的时间线，丽丽贸然掐断的时间线，兴许还有修复的可能。

徐丽丽听了，立刻点头同意。

史蒂夫在一旁频频点头，非常赞同徐黄河的建议，见徐丽丽暂时脱离了危险，也顾不上休息便告别爱妻。他趁着夜色，拦下一辆计程车，朝长岛方向疾驰而去。

第25章

"教父，安德烈的事情，按你的吩咐全办妥了。"马特奥的顾问弗兰西斯走进书房，向马特奥汇报工作情况。

马特奥脸色阴沉，声音沙哑地问道："钱送去了吗？"

"是。朱莉娅收下了。她让我带一个口信，谢谢教父的恩典，把完整的遗体交给了她。她说等过几天，一定带孩子们来拜访您。"

马特奥沉默了片刻，然后站起来说道："难得朱莉娅明白事理，安迪牺牲他自己，成全了我们大家。弗兰西斯，你马上吩咐下去，好好培养安迪的儿子，中学毕业送他去哈佛大学。"他忘记了自己的教父身份，在不知不觉中，叫起了安德烈的昵称"安迪"。

"是，我马上传话下去。"弗兰西斯心领神会，也不多说什么，随即退出书房。

马特奥的心里很难过。他是集团的掌舵人，当巨轮在航行途中撞向冰山，出现沉船的威胁，他没有选择，只能不惜一切代价弥补漏洞，哪怕牺牲自己从小的玩伴安德烈·法拉利。这是一个非常艰难的决定，哪个将领愿意损兵折将呢？他也心生不舍，但是却容不得半分犹豫，否则巨大的航船便会因此漏洞而下沉。

而且，他必须牢记和避免重蹈他父亲的覆辙——被集团第二把手出卖做了污点证人，最后人证和物证俱全被投进监狱。当年的那个背叛者，虽说经过FBI的重重伪装，藏匿在拉斯维加斯，但还是被他亲自抓住，千刀万剐地处理掉了。

所以，这次安德烈·法拉利暴露了身份，威胁到集团的安危，他没有按照常理出牌，吩咐第二把手去完成任务，而是跳越老大和老大助理，由顾问弗兰西斯去执行命令。如果将来有一天，弗兰西斯对他不忠，也不用他开口，老大和老大助理便会动手，除掉他们痛恨的内奸。

眼下，他痛心失去了一名爱将。他把这笔账算在了史蒂夫的头上，已经布下天罗地网，迟早会把这头猎物捕捉到手。他不相信会斗不过一个小毛孩儿。

这样想着，他从桌上的雪茄盒子里，拿起一支雪茄和雪茄剪刀，手起刀落切掉雪茄头，陷入了沉思。

第26章

　　长岛，是美国东海岸人口稠密的岛屿，起始于纽约港，距离曼哈顿仅0.56公里，向东延伸至大西洋，覆盖了拿骚县和萨福克郡，向来被视为曼哈顿的后花园。

　　史蒂夫乘坐的计程车下了495高速公路，便向着牡蛎湾（Oyster Bay）疾驰而去。杰森·摩尔居住的牡蛎湾，位于拿骚县的最东部，是拿骚县唯一从长岛北岸延伸至南岸的小镇。

　　牡蛎湾是一个典型的海滨小镇，拥有绝佳的海滩通道，至少在温暖的季节，人们快乐悠闲地到海滩散步，孩子们蹦蹦跳跳嬉笑着，在沙滩上玩沙滩排球，一艘艘游艇和竖起桅杆的帆船，航行在牡蛎湾海港，与曼哈顿的拥挤和嘈杂对比，显得分外温馨与祥和。

　　牡蛎湾这个富含贝类的名字，是17世纪定居在那里的荷兰人，因贝类在附近水域繁衍生息而命名。而牡蛎湾作为名胜古迹闻名全球，是因为美国第26任总统西奥多·罗斯福的故居——被称为"夏日白宫"的萨加莫尔山，就坐落在迷人的牡蛎湾海滨。

　　荷兰人的后裔西奥多·罗斯福，是唯一来自长岛的美国总统。他在总统任期内建立资源保护政策，包括森林、矿物、石油资源；对内推动劳工与资本家和解，对外奉行门罗主义实行扩张政策，建设强大的军队干涉美洲事务。因成功调停日俄战争，获得1906年的诺贝尔和平奖，是第一位获得此奖项的美国人。

西奥多·罗斯福是现代美国的塑造者，也有人批评他的干涉主义和帝国主义政策。即便如此，历史学者在评论美国总统时，他总是与乔治·华盛顿、托马斯·杰斐逊和亚伯拉罕·林肯并驾齐驱，也是总统山4个总统雕像中唯一来自20世纪的总统，深受美国人民的爱戴，牡蛎湾的民众尤感自豪。

在牡蛎湾居住的最大好处，就是晚上睡觉不需要提高警惕，不需要"睁着一只眼睛预防外贼"，大多数居民是富有的白人中上阶层，家庭平均年收入超过20万美元。

中上阶层是一个最矫情的消费群体，在任何国家都一样，他们相比上流社会，更讲究商品的货色。当中产阶级在生活品质追求上，马马虎虎可以凑合的时候，那无疑是一种降级消费。他们千辛万苦从底层社会爬上来，但凡手上有真金白银，打死都不愿意跌落下去。在商品社会里，房产是最大的消费商品，也是生活品质的保障，房价因此也比较昂贵。

牡蛎湾的常住居民接近5000人，几十年来没有发生过杀人案，恶性犯罪率为零，涉及入室盗窃、偷窃、机动车辆盗窃、纵火、入店行窃的"财产犯罪"为3.5‰左右。

牡蛎湾的小区内拥有高水平的学校系统，完美地结合了各个族裔的文化并且有平等的学习机会，前往曼哈顿通勤上班也十分方便，乘坐LIRR火车仅需十来分钟便可去职场"冲锋陷阵"，定居在这真是理想选择。

牡蛎湾，这个荷兰人曾经聚集的区域，现在依然是白人的天下，有80%的居民是白人，非裔只占了2%，西班牙裔（或拉丁裔）也只有7%，亚裔倒是后来居上占了9%，成为牡蛎湾的第二大族裔。

史蒂夫原本也打算在牡蛎湾买房子的，一栋别墅也就60万美金。他在"梅森投资集团"到手的奖金，不用银行贷款便可全款付清，拎几个箱子就能入住。他太喜欢牡蛎湾的大环境，安静闲适，生活也很方便。

那天，他跟着经纪人看完房子出来，两人聊着牡蛎湾的生活设施，走着走着，不经意间来到了南大街124号的Baykery Café。他见门口的广告牌上写着："全天候供应早餐。晚睡者不会受惩罚！"

这句广告语令他颇感惬意。他平时晚上根本无法睡安稳，经常夜半三更都得起来查看电脑，分析全球金融市场的走势，以便做出明智的投资决定，所以他周末都睡到中午才起床。

而Baykery Café的经营方式，正合他的心意，从早到晚都能享用丰盛的早餐：三明治沙拉、煎蛋或者布朗尼蛋糕和苹果派，点一杯卡布奇诺或鲜榨橙汁，在咖啡馆后面舒适的小图书馆看书。

从Baykery Café享用完早餐或午餐之后，步行不远便可抵达Snouder's药房——牡蛎湾的地标性建筑。这栋18世纪维多利亚风格的建筑，位于南大街108号，湖绿色的两层楼房一目了然。

他听房产经纪人介绍说，Snouder's是牡蛎湾最古老的企业，由亚伯·康克林在1884年创立。康克林曾是一名药剂师，因为健康状况不佳，在医生的建议下，1880年搬到了牡蛎湾。3年后，康克林把自家的药店迁移过来，在他的女婿安德鲁·斯诺德的帮助下继续经营。

不幸的是，即使斯诺德放弃自己的服装业生意，帮助康克林主持药房经营，没多久康克林还是去世了。

斯诺德非常具有商业头脑。他保留了康克林药房的名称，继续着家族的事业。1887年，他在药房安装了一部电话，这是牡蛎湾的第一部电话，几年来，它一直是小镇上唯一的电话，电话服务成为人们聚集Snouder's的关键原因。面对电话服务的火爆场面，斯诺德在1900年把店面一分为二，一半专用于电话服务，总机一直保持营业状态，直到深夜药房结束生意。

西奥多·罗斯福成为美国总统之后，甚至连萨加莫尔山也没有安装电话，多年来，斯诺德先生为总统转达了许多信息。电话服务还带来了许多媒体记者，他们来到Snouder's药房，报道罗斯福总统的新闻。这段历史故事流传至今，成就了牡蛎湾的传奇，开辟了全美和全球的一大旅游景点。

后来，他放弃牡蛎湾作为安家的居所，是因为徐丽丽考入了哥伦比亚大学新闻学院，这是一所研究新闻传播的学院。哥大新闻学院是美国常春藤联盟中唯一的新闻院校，也是全球最老牌的新闻学院，在全世界业内享有极高的声誉。新闻界一年一度的普利策奖项，就是由哥大新闻学院颁发的，这个奖项是美国新闻界的最高荣誉奖，甚至被视为一个全球性的奖项。

所以，他在哥大附近的茅宁高地（Morningside Heights）——一幢战前建造的公寓大楼，购买了一个三房两厅的公寓，方便徐丽丽来往学校，还可以随时跟她哥哥聚会。

此时此刻，夜色已深，南大街华灯初上，昏暗的路灯烘托出夜的寂静。牡蛎湾一如往常安静平和，沿街的商店四门紧闭，大街上，几乎看不见一个行人，只有来往的汽车飞驰而过。

史蒂夫乘坐的计程车，疾驰在古色古香的南大街上。他无心观赏窗外的夜景，其实也看不见任何景致，在一片寂静的夜色中，唯有Snouder's药房亮着灯光，闪烁着一点嫣红。

他灵光一闪，计上心来，冲着司机说："对不起，你把我拉到

Snouder's药房，就在前面108号。"

"没问题。"

"我买了药马上回来，请你等我一会儿。"

史蒂夫临时改变了计划。他敏锐地感到不能直接去找摩尔。摩尔的家门外可能埋伏着黑手党，或者警方的侦探，眼下不能与这两种人发生正面交锋，贸然行动无异于自投罗网，他必须小心谨慎，等拿到证据才能一剑封喉。

他心里很焦急，留给他的时间不多了。他没有付车资，打开车门直奔药房。他去药房其实是借用电话，上回的司机挨打受伤，他心里很愧疚，所以现在只能找借口，避免再连累无辜的人。

他保持着高度警惕，可是步伐却很稳健，一走进Snouder's药房，男店员便热情地招呼他："先生，请问有什么能帮到你吗？"

"我想，你能帮我的。我可以打个电话吗？"史蒂夫说着，不动声色地瞥了一眼周围的情况，发现店堂内没有其他顾客。即便是这样，他也不敢放松警惕。

男店员指着柜台边上的座机，微笑地说道："当然，你请便！"

史蒂夫来不及说一声谢谢，迅速走过去拿起电话筒，下意识地四下一瞄，随即拨打了摩尔家的电话。

电话铃只响了两声，一个低沉哀怨的声音，仿佛从很遥远的地方传了过来："我是卡森·摩尔，请问你找谁？"

"摩尔先生，我是谁并不重要，你现在说话方便吗？"

"他妈的，你是谁呀？我今天心情不好，收起你的恶作剧，小心我报警。"

"我知道你有这个能力，我没有恶作剧。请你原谅，我现在说话不方便。我希望我们立刻见一面，你觉得有这个可能吗？"

"我凭什么见你？你是谁呀？"

史蒂夫知道对方不信任自己，如果他不说明情况，摩尔马上就要挂电话了。他又警惕地扫视了一下店堂，见男店员自顾自整理货架上的商品，便压低了声音说："我今天中午见过你儿子。我知道他为什么被谋杀。"

"你说什么？我儿子是被谋杀的？"

"是的。我确定！"史蒂夫没有选择。他激起对方的好奇心了，只有这样摩尔才会跟他见面。

"你有证据吗？"

"是的。"史蒂夫没有丝毫犹豫，马上给出了回答。因为中午他和汉瑞·摩尔的对话，身上佩戴的钥匙扣录下了他们的谈话。

"好吧。我们在哪儿见面？你的标志是什么？"

"Snouder's药房。只要你出现，我会过来找你。"史蒂夫早已通过"谷歌"，获得卡森·摩尔的影像。

"10分钟，我过来。"卡森·摩尔挂断了电话。

史蒂夫的大脑迅速地转动起来，放下电话筒，当下决定先打发计程车司机。他掏出100美元大钞，对男店员说："请给我一盒阿司匹林，还有电话费。"

"没问题。你还要些什么吗？"男店员放下手上的活计，走过来问他。

"不用了，谢谢！"

史蒂夫从男店员手里接过药和找钱，拉开店门环顾左右，发现没有异常，便径直走向计程车。

"对不起，你走吧，这是车资。"史蒂夫把零钱放进裤袋，递给司机一张百元大钞，还未等对方反应过来，便转身拐进边上的西大街，倏忽消失在昏暗的路灯下。他的去向不能让司机看见，否则是害人害己。

他凭着惊人的记忆力，如入无人之境地在街上左闪右躲，不久又绕回南大街，不远处是"美银金融中心"大厦，再走过去几步路，就是牡蛎湾的消防大队。大约过了8分钟，他返回原地，在Snouder's药房的斜对面，躲在邮筒边的电线杆后面。

他刚选定最佳的位置，以便观察来往的车辆，突然，耳边传来一个低沉的声音："是你打电话给我的吗？"

史蒂夫一怔，猛然回头，想看清楚来人是谁。不料，来人敏捷地抓住他的右手腕，狠狠地按住他。

史蒂夫扭动着身体，本能地想挣脱出来，就差一脚朝对方的要害部位踢过去，反戈一击。

不过，他听出此人的声音，分明就是警官杰森·摩尔，此举显然还是不相信他。他倒是能够理解，毕竟这关系到汉瑞·摩尔的死亡真相，因此连忙说道："你没必要这样，我可以给你证据。"

杰森·摩尔听了此话，这才松开手说道："你最好拿出证据来。"

"如果没有真凭实据，我自讨没趣图什么？"史蒂夫甩了甩疼痛的右手腕，见来人果然是杰森·摩尔，185厘米的身高，体型均匀身板结实，不像是坐惯高背椅子的警官，一双眼睛锐利有神，威风凛凛地盯着他，仿佛要看透他的五脏六腑。他心下暗想："算我赌对了。此人身手不凡，我们之间有共同的敌人，他能助我一臂之力。"

史蒂夫立刻从裤袋里掏出钥匙扣，对杰森·摩尔说道："我有一个请求。你听了我和汉瑞的这段话，请帮我找到安德烈·法拉利，重新调查我岳父岳母的案件。"

"我不知道你是谁，无法给你承诺。"杰森·摩尔傲慢地回答。

史蒂夫略微一想也对，在他没有呈现证据之前，摩尔没有任何理由给他承诺，于是便说："我们可以换一个地方吗？安全的地方？"

"好，去我的车上。"杰森·摩尔建议说。

史蒂夫不放心地问："你发现有尾巴跟踪吗？"

杰森·摩尔颇为自信地说："没有。要是有人跟踪我，现在早该出现了。"

史蒂夫听了摩尔的话，觉得很有道理，但还是不敢放松警惕。他建议道："这两天总有人跟踪我。你的车上可能有窃听器，还是谨慎为妙。前面就是消防站，相对安全一些，你可以边走边听。"说完，他等杰森·摩尔戴上耳机，便打开袖珍录音机，放送他和汉瑞·摩尔的对话。

杰森·摩尔的脸庞立刻被哀伤所笼罩，儿子熟悉的声音冲击着他的心灵。从今往后，他再也听不见儿子的声音了，那种说不出来的酸楚和绝望溢于言表。他几乎崩溃了，犹如无舵的航船失去控制，任由眼泪顺着脸颊往下流。

这种突然失去亲人的悲痛，史蒂夫在他母亲去世的时候体会过，更何况这是白发人送黑发人的悲哀，世上没有比这更糟糕的事情了。此时此刻，他没有说任何安慰的话，只是默默地等待杰森·摩尔恢复平静。

片刻，他们来到消防站的停车场。夜已很深，一片寂静，杰森·摩尔的情绪平复了许多。他把耳机递还给史蒂夫，然后问道："你怀疑是马特奥·鲁索干的吗？"

史蒂夫连忙点头肯定："根据我的推理，确实是这样。你能找到安德烈·法拉利吗？汉瑞可能因为找到了线索，所以招来杀身之祸。我个人感觉埃里克·克拉克也很可疑，他是汉瑞的搭档。他完全可以开枪打伤凶手，然后活捉他。从目前的情况来看，很可能是灭口。"

"别自作聪明。你可以怀疑，但不能下结论。别忘了，立案需要证据。"纠正了史蒂夫的观点，杰森·摩尔接着说道："今天太晚了。明天早上，我去找安德烈·法拉利，还有埃里克·克拉克，你等我的消息。"

"对不起，我等不及了。我马上就得找到法拉利。我和我太太处处被人跟踪，每分每秒都处于危险之中，凡是与我接触的人，不是被打伤，就是惨遭毒手……"

史蒂夫的话匣子一打开，把过去24小时的经历，犹如竹筒倒豆子"呼啦啦"全说了出来，心里顿时畅快极了。他也不知道自己会放松心理防线，对一个陌生人说这些，兴许是感觉杰森·摩尔值得信赖。当然，徐丽丽参与试验的秘密，他只字未提。

杰森·摩尔缄默片刻之后，一双炯炯有神的眼睛看着史蒂夫，低沉而有力地说道："好吧，我陪你一起去。我得进去打几个电话，消防站应该很安全，里头全是我的好朋友。"

他们把夜色留在了身后，一起走进灯火通明的消防站。

第27章

在"平行时空科研所"，徐丽丽蜷缩在休息室的床上，她浑身疲惫心力交瘁，却辗转反侧无法入睡。她怀揣天大的机密，这秘密还决定了自己的生死，犹如头顶上悬了一把达摩克利斯剑，梦魇似乎不可逆转地将要变为现实了。

因为对于她来说，预见了未来，也就没有未来了！

她躺在床上越想越郁闷，眼神空洞地看着前方，那是昏暗无边的冬季长夜。面对这样的局面，她无能为力，仿佛砧板上的鱼肉任人宰割，苦闷沮丧。这样想着，她一骨碌翻身坐了起来，仰天望着天花板，眼泪忍不住地流下来。

她陷入了深深的绝望！

第28章

在牡蛎湾消防站的站长办公室，杰森·摩尔关紧房门，先给太太打电话报了平安，随即便联络他的好朋友丹·科茨。

科茨是联邦调查局（FBI）"国家安全处"的助理局长，级别仅次于正、副局长。科茨和杰森·摩尔是纽约市警察学院的同学，他们私下交情非常好，从警察学院毕业后便各奔前程，在各自的领域发挥作用。

当然，在他们这批警察学院的同学中，科茨通往华盛顿的仕途走得最为顺畅，简直是官运亨通步步高升。

联邦调查局下属5个执行系统单位：包括刑事数码响应及服务处、人力资源处、资讯及科技处、国家安全处和科学及科技处，主管由一位助理局长来担任。他们的首要任务是捍卫美国的利益，保护美国免受恐怖袭击，避免受到外国情报部门和间谍活动的侵害，在响应公众需要和忠实美国宪法的前提下履行职责，为联邦、州、市和国际机构及合作伙伴，提供领导和刑事司法服务，严厉打击各级公共腐败行为、跨国犯罪组织、外国反间谍活动和白领阶层的犯罪，以及重大的暴力犯罪和毒品，在每一次调查获得情报资料之后，递交美国司法部官员和检察官，由他们决定是否批准起诉采取行动。

话说联邦调查局在全美境内受到普遍的关注，同时还保持着重要的国际影响力，在全球各地的美国大使馆和领事馆，运营了60个法律事务处（LEGAT）和办事处，以及15个办事分处。这些驻外办事处主要是为了与外国安全部门协调，通常不在东道国进行单方面行动。但有时候出于特殊原因，他们也可以在海外进行秘密活动。

为此，联邦调查局的专业特工每年都在增长，目前全球有超过11,000名成员，去年的财政年度总预算约为87亿美元，大多数专业特工作为大使的法律专员——他们自谑为"LEGATS"（Legal Attachés），全都派驻海外在美国驻外使馆工作。

然而联邦调查局维护法律的使命，既有值得骄傲的历史，也有破坏法律的不光彩之处。科茨通往华盛顿升迁的道路，就是因为破获一起重大的间谍案，而走上了光明的仕途。

科茨从警察学院毕业后，在纽约警界仅工作1年，第2年便跳槽去了联邦调查局。1980年经过特殊培训，他作为特工人员投入复杂的反情报工作——针对苏联进行间谍活动。

10年后的圣诞夜，科茨晋升为"国家安全处"情报组组长。那晚，他邀请警院的同学去夜总会，杰森·摩尔也应邀前往。他们平时忙于工作，见面的机会有限，但两人相见甚欢毫无疏远感，吃喝玩乐好不热闹。

老同学举杯庆贺科茨的升迁之喜，陪酒女郎们在一旁吆喝助兴，大家喝酒叙旧好不快乐。他们正玩得兴头上呢，此时两名身穿黑西服的男人，径直走向科茨，凑近他的耳边说道："头儿，不好意思，打扰了。老板联络不到你。你必须马上回局里。"

科茨听了之后，眉头紧蹙，下意识地问道："给我喂点材料，出什么大事了？"他清楚，除非发生紧急状况，否则圣诞夜放假，上头不会派人找来的。

"情报泄密，'老鹰'被害身亡。"来人压低声音，简单明了地向科茨汇报。

"老鹰"是科茨的老搭档马克·尼克尔森的代号，潜伏莫斯科已经5年了。尼克尔森做事向来考虑周全小心谨慎，他俩密切配合杀入敌人内部，获得过具有杀伤力的情报。尼克尔森突然被害，他马上判断是内部出了奸细——叛国者。

"走，我们回去！"

眼见聚会在高潮中被打断，科茨感到颇为抱歉，好在大家都是干这行的，突发案情走人不用多解释。不过他向老同学承诺道："我知道大家没有尽兴，等我忙完案子，我们再来玩个痛快。"

等他们再次来到夜总会，已经是半年之后了，叛国案宣布告破，叛国者依法接受法律审判。这起叛国案轰动全美，那阵子电视新闻连篇累牍讨论此案，他们老同学见面聚会，免不了向科茨打探详情。

"啊呀，这个案件不比007逊色，有些细节我现在可以透露了，那小子太狡猾。但我是谁呀？他能骗得过我吗？"科茨的口吻洋洋得意。

科茨倒是有资格这么夸耀自己。他确实聪明能干，活该叛国者倒霉遇上劲敌。

就在马克·尼克尔森遇害的当晚，联邦调查局和中央情报局成立了一个联合破案小组，代号"眼镜蛇"，以寻找泄漏情报的可疑人。他们列出一份清单，一一排除潜在的嫌疑人，通过莫斯科的一个"线人"，根据支离破碎的线报，拼凑出泄密者的一些基本轮廓，代号"眼镜蛇"的调查正式启动。

当调查范围缩小至两名嫌疑人的时候，他们仍然无法确认谁是泄密者。与此同时，大量的机密情报依旧不断地泄露出去，5个隐藏在苏联的"Asset"——情报人员,接二连三地遇害。

科茨日夜颠倒两眼熬得通红,犹如一头猛兽骤然伸出利爪,蓄势待发。他胡子拉碴的,一副咄咄逼人的模样,逼迫"眼镜蛇"的每一位成员不敢怠慢,加班加点扑在案子上。

眼看同僚的生命危在旦夕,科茨采取了极端的行动,承诺向一名克格勃代理人支付800万美元,以获取一名匿名"黄鼠狼"的档案。"眼镜蛇"成员经过指纹和语音分析,一个名字从重重迷雾中显现出来——艾姆斯·费曼,联邦调查局的特工。

初战告捷,"眼镜蛇"的成员异常兴奋。但是想要抓住费曼,需要确凿的犯罪证据,美国外国情报监视法庭授权联邦调查局,对费曼实施电子监听,从他的信件和个人生活垃圾中循迹拼图,并在其车辆上安装追踪器。

他们在监听电话的记录中,发现费曼喜欢女人,频繁往来于各种族裔的女人之间。他言语猥亵,对她们谈不上有任何感情,看上去纯粹是肉体交易。这大概是他唯一花钱的地方。不过他很狡猾,把自己伪装成普通工薪阶层,不开豪车,不买奢侈品,总是以快餐果腹,生活毫不招摇。

科茨请来一位行为学家,对费曼做了一个全面的人格分析,得出的结论发现:费曼似乎不能、也不愿与人发展亲密关系,这是一个优秀间谍所具备的素质。他不受意识形态的约束,所做的一切完全为了钱,完全称得上是一个完美的间谍。

一天,科茨听手下的组员汇报说,费曼订了一张去墨西哥的机票,很可能是去和克格勃的人联络,这是获取铁证,一招制胜的绝好机会。

科茨急忙去法院申请了一张搜查令,带领他的部下奔赴机场,瞄准费曼的行李,进行了秘密的搜查。为了避免打草惊蛇,他们小心翼翼地打开行李箱，每一层的物品都拍照留底，随后再根据照片，把物品原样放回去。

他们很失望，行李箱内没有发现机密文件。费曼去墨西哥是会见女人！

但是科茨不甘心。这似乎不合乎逻辑。一个对女人只有肉欲、谈不上任何感情的人，大老远地跑去墨西哥找女人？纽约充斥着各色出卖肉体的女人，费曼为什么舍近求远，非要去墨西哥会女人呢？

科茨立刻命令"眼镜蛇"的成员："给我盯紧墨西哥女人，别让她跑了。她身上有情报。"

他绝不是凭空想象，而是根据逻辑推理得出的结论。费曼喜欢女人不假。他很有可能利用会见女人作掩护，实际上是递送和交割机密文件。

后来对费曼的审讯和他自己的交代证明，科茨的判断是正确的。

费曼在加入联邦调查局的第3年，便接近苏联"格鲁乌"——苏联总参谋部情报部，启动了他的第一次间谍活动，在苏联解体期间担心会被曝光，选择暂停与"格鲁乌"的联络，到了1989年重新启动他的间谍活动，直到被捕。

费曼始终以匿名的身份，21年的时间，向苏联情报部的克格勃出售数千份机密文件，泄密美国在核战争中的战略、军事武器技术的发展，以及美国反情报的计划。费曼在进行间谍活动的时候，泄露了为美国秘密工作的克格勃特工的名字，其中很多人因叛国罪被苏联情报部处决。

当费曼置于"眼镜蛇"的监视之下，1990年，很快被发现再次与俄罗斯人接触。联邦调查局采取明升暗降的手段，调动费曼回总部，使他远离敏感的机密信息，并且便于密切监控。

费曼知道他早晚会暴露，其实在调回联邦调查局总部的时候，便明白自己被怀疑了。即便已经成为怀疑的目标，也没能阻止他把情报送出去。

1991年3月11日，费曼最后一次坐飞机前往墨西哥，与选中的女人在宾馆会面，两人你情我愿地做完交易。他大方地请她共进晚餐，条件是要这个女人去一趟车站，帮他把一个包裹放进储物箱。当然，递送情报的过程全在费曼的监控下完成。

那天晚餐过后，费曼按照惯例，把机密文件用垃圾袋密封包装，交到墨西哥女人的手中。他则不紧不慢地跟在她的身后，两人走进汽车站，女人打开储物箱，把包裹放进去锁上门，然后在门上贴了一个十字架贴纸。

"十字架贴纸"，是费曼与克格勃设定的暗号，苏联情报部获得包裹便会把报酬——美元，存进费曼在瑞士银行的账户里。费曼从来不告诉克格勃自己的身份，并且拒绝与他们见面，只通过网络完成整个交易，每一次都约见不同的女人，利用她们在不同的地方，帮他投放机密文件。

眼看费曼转身即将离开，科茨带领"眼镜蛇"成员冲进车站，团团围住费曼和墨西哥女人。科茨出其不意地掏出手铐，"咔嚓"一声铐住费曼，向他宣告米兰达规则，以叛国罪逮捕他。

不料，费曼竟然昂起头，笑着问道："你们怎么才来呀？"

科茨听了费曼的傲慢质问，真想上去赏他一巴掌，此人在20年间出卖美国，司法部描述他的间谍活动，为美国历史上最严重的情报灾难。这个叛国贼，何来如此的底气？

其实费曼倒不是傲慢。20年来，他一直生活在恐惧中，担心暴露卖国的行径，日复一日地侥幸过日子，似乎天天等着自己被捕。所以，看见联邦调查局的同僚来抓捕他，心里反倒踏实了。

但是费曼知道自己罪孽深重，20年向苏联出售数千份机密文件，收受超过160万美金，对美国造成了重大的损失，很担心会被判处死刑。于是费曼通过律师，与检方谈判达成一项辩诉交易，使他能够逃脱死刑，以换取与当局的合作。

1991年6月6日，费曼在纽约法院承认14项间谍罪，外加一项串谋间谍罪。第2年，他被判处终身监禁不能假释。在纽约附近的联邦监狱服刑，每天单独监禁23小时。

经过6个月的日夜奋战，费曼的叛国案终于尘埃落定，科茨作为主管此案的特工，挽回了联邦调查局的尊严，这就奠定了他在局里的地位。纽约警察学院的师生无不为科茨感到自豪，老校长邀请他回学院，为在校的学生演讲，鼓舞士气增加学生的荣誉感。

这一晃18年过去了，科茨已晋升为联邦调查局的第三把交椅，下一任总统换届，他很有可能被提升为局长。杰森·摩尔相信科茨的能力，当然也最信任这个老朋友。

"丹，我是杰森。我需要你帮忙。"杰森·摩尔开门见山，毫不迟疑地发出请求。

"杰森，很遗憾，汉瑞的不幸我知道了。你节哀顺变！我已经在去你家的路上，我明早有一个会议，今晚就睡在你家。"

科茨没有多余的安慰话，可是杰森·摩尔听了，一时哽咽难言。科茨每次从华盛顿来纽约，总是在他家里落脚，可以说是看着汉瑞长大的。科茨第一时间前来探望，尽管言语不多，却触碰了他心中的软肋。

"老兄，我马上就到。今晚，我们好好聊聊。我带了一瓶'布罗拉35年'威士忌，你记得吗？我们上次一起买的。"

杰森·摩尔当然记得了。那是2012年10月的一个周末，他们相约去参加纽约威士忌节（WhiskyFest New York 2012），地点在时代广场的万豪（Marriott）酒店。他俩平时喜欢小酌几杯，纽约威士忌节已经举办15年了，他们因为工作的关系，一直没有机会去。今年可能是经济不景气，威士忌节第一次安排在周末，一张门票325美元。

他们本来觉得票价挺昂贵的，不过举办方安排的第一项活动，是"威士忌收藏和拍卖"，可以让大家品尝极品威士忌，像是"布罗拉30年"威士忌（Brora 30 Year Old），还有1963年的格兰杰（Glenmorangie 1963），以及金·波摩尔（Gold Bowmore）。

波摩尔是具有收藏价值的威士忌杰作，也是非常奢华的威士忌，在拍卖会上拍出了7000美元一瓶，只要喝一口（其实不止一口），立刻值回票价。况且拍卖会后的4个小时，来自世界不同国家超过250种威士忌，都可以慢慢去品尝，瓶装相当精致漂亮，简直眼花缭乱！

他和科茨在拍卖会上两人拼凑了645美元，一起拍下一瓶2012年专场发行的"布罗拉35年"（Brora 35 Year Old Special Release 2012），在1976年和1977年期间蒸馏完毕，"陈年"于美国橡木桶内，充满香草、蜂窝和柠檬的香味。他们相约由科茨收藏，等待一个特殊的日子一起品味。

杰森·摩尔没想到这个特殊的日子，居然是儿子因公殉职，他们不得不借酒来解愁，思念过早故去的亲人。

"杰森，我说的话你听见吗？我马上到了，你等我。"科茨在电话那头，感觉杰森·摩尔悲伤至极，可能他们见了面，老朋友的情绪兴许会好一些。

"好吧。我等你。这里还有一个人要见你。"

"他是谁？"

"我们见面再谈，我等你。"

杰森·摩尔挂断电话，走出办公室对史蒂夫说："走，我带你去见一个人。"然后，掉头对消防站值班组长说："我正在办案子，我的车子不能用，你能派车送我回家吗？"

"可以，没问题。我开消防车送你回去。"

"谢谢你！"

在佛罗伦萨大道靠近牡蛎湾海湾，弗兰西斯坐在奔驰汽车上，两眼盯着不远处的一栋独立洋房，收起手机，命令手下的打手说："走吧。上头命令我们撤。"

"头儿，我们一个不留，全撤吗？"

"废什么话，全都给我撤。难道你想被FBI抓走？"

"好嘞。我通知他们。"

小喽啰打开手机上的手电筒，向后车窗闪了3下，这是"撤退"的暗号。后面3辆车子一一启动，沿着佛罗伦萨大道向着墨尔本大街开去。

"杰森，据我的线报提供的情报，法拉利已经死了，明天在圣约翰公墓举行葬礼。"

科茨坐进杰森·摩尔家的客厅，发现史蒂夫坐在他的对面，夜已深，又是这么特殊的时候，摩尔的家里出现陌生人，情况非同寻常。他马上判断杰森把来人介绍给他，一定和汉瑞的死亡事件有关。

果不其然。科茨听完杰森和史蒂夫的叙述，明白了汉瑞的死因确实蹊跷，而他面前的年轻人看着相当精明，对整起事件的推理很合乎逻辑，于是连夜打电话，通过线人了解安德烈·法拉利的情况。

杰森·摩尔急忙问道："法拉利是怎么死的？他一定被灭口了，我们的线索就此中断。"他看着史蒂夫，心下暗想："这小子分析得挺有道理的，这一连串的谋杀确实有隐情。"这样一想，便连忙建议道："还有一个人可以追查。"

科茨问："谁？"

史蒂夫抢先回答道："埃里克·克拉克。"

杰森略微一想，看着科茨说："嗯。现在间接证据找到了，我们可以立案调查。我觉得可以兵分两路，一暗一明，顺藤摸瓜一查到底。"

史蒂夫连忙说："我有一个大胆的想法——引蛇出洞。由我和太太做诱饵，你们负责调查和抓凶手。"

"不行，这样做太危险。"杰森·摩尔表示反对。

科茨站了起来，低头寻思片刻，果断地说道："我看这方案可行。不过需要周密的计划和安排，首先要保证你和你太太的生命安全。"职业敏感告诉他，这起案子隐藏的真相，绝非普通谋杀这么简单，很有可能又是一起重大案件。

史蒂夫立刻提议说："明天我们社区有一个派对，在教会的中学礼堂举行，你们可以利用这个机会，抓捕罪犯。我想知道是谁想要杀我们。"

"好，你给我具体地址，我马上来做一个计划。"

科茨说着，打开手机"谷歌"地图，与史蒂夫和杰森·摩尔一起，连夜商量和研究"诱捕"计划。

第29章

12月24日凌晨4点，距离徐丽丽发生意外的时间，只剩下19个小时了。

史蒂夫坐着科茨安排的小车，在3个联邦调查局探员的保护下，返回曼哈顿的"平行时空科研所"。

昨晚在杰森·摩尔的客厅里，史蒂夫极力想要保守秘密。他越是努力地去隐瞒，秘密便泄露得越多，在科茨咄咄逼人的眼神注视下，不得不坦白"平行时空科研所"的存在，吞吞吐吐地道出徐长江的科研项目——量子隐形传送。

他的神经系统迫使自己坦白。因为坦白对身体有好处，对大脑也有好处，甚至对灵魂也是有好处的。他记得奥地利心理学家西格蒙德·弗洛伊德说过："没人能保守秘密，即使他（她）紧闭双唇，指尖也会说话，每一个毛孔都在泄露秘密。"

不过，他还是隐瞒了徐丽丽参与试验的事实。眼下，他又要保守秘密了。他与联邦调查局合作的事情，不能对徐丽丽说出来。她是一名优秀的记者，却不是一个好演员，过早让她知道他们将作为诱饵来抓凶手，很有可能会暴露整个计划。

他在外面奔波了一整天，回来后，本想先去找徐黄河的，交流一下将要执行的整个计划。他看见徐黄河在实验室里忙碌，便先去男更衣室，洗完澡马上来到休息室。

徐丽丽在休息室里披头散发的，聚精会神盯着电视荧屏，手上握着一瓶威士忌，听见脚步声，抬头一见是史蒂夫。她不慌不忙地喝了一口酒，继续盯着电视屏幕，不搭理丈夫。此时此刻，她的心情相当低落，鼓着翅膀飞逝的时间，是她最大的敌人。她随时都会遭遇不测，但她又拒绝承认这种倒霉的事情真的会落在自己头上，心里七上八下的，很不爽。

"丽丽，你怎么啦？"史蒂夫关心地问道。他当然明白她的心情。这两天，她尽做出格的事情，总是莫名其妙乱发脾气。眼下她大口喝着酒，脚丫子交叉着搁在床架上。她喝酒容易上脸，一杯下去脸就红了，说话也就没了分寸。这种时候安慰的话是徒劳的，只有等他抓住凶手，她自然会正常起来。于是，他拉了一把椅子坐下来，守在她边上，默不作声。

徐丽丽喝着闷酒，猛然想起今天是圣诞夜，原本可是要去参加小区的派对。现在史蒂夫禁止她迈出科研所，好像是监狱的囚徒似的。她陷入深深的绝望，可又不甘心被命运摆布，便冷不丁地扯着嗓子说："我要去参加派对。"

史蒂夫原本还不知道如何开口说这件事，经她这么一闹，正好顺水推舟，便假意地问道："你是说小区的慈善派对吗？好呀，明天我陪你去。"说着，用手抚摸了一下她的头发。

因为实验室可能有内鬼，联邦调查局的3名探员不想打草惊蛇，因此就在外面的车上，密切监视着周围的动静。早上在纽约联邦调查局的会议室，科茨改变了原先的会议内容，把他们的案子列为重中之重，在会议上加以部署抓捕凶手的方案。再过一会儿，有更多的联邦便衣会前来保护他们。

徐丽丽并不知晓这些情况。她满脸困惑地看着史蒂夫，没想到他答应得这么爽快，没法发泄心里的怨气了，不由得拔高了声音，诧异地说："是你说的，不许反悔！"

"当然。"史蒂夫微笑着，身子一挪便躺倒在床上，似乎是一瞬间便睡着了。

徐丽丽放下酒瓶，注视着边上熟睡的史蒂夫，听着他均匀有律的呼吸声，她脆弱的神经，也一起一伏地灼烧起来。他平静安稳的睡姿，竟让她嫉妒得生出一股"无名火"，心情更加郁闷，便下意识地随手一巴掌，重重地扇在史蒂夫的脸上。

史蒂夫惊醒了。只见徐丽丽睁大了眼睛，面目狰狞异常，完全是一副陌生的模样。在他看来，她简直有点神经质，便质问道："你干什么呀？你有病啊？"

"是的，我有病，怎么着吧？"徐丽丽歇斯底里，咄咄逼人地回击。

"有病去看医生。"

史蒂夫太累了，得好好地休息，马上就要参与抓捕凶手的行动。徐丽丽就要脱离危险了，他如释重负地，翻身面向墙壁继续睡觉。

徐丽丽委屈极了，泪水顺着脸颊流了下来。她关了灯，在黑暗里哭一阵儿，头靠在床沿上再想一会儿，不知不觉迷迷糊糊地睡着了。

也不知道过了多久，她睁开眼睛，发现自己躺在床上，也不知道史蒂夫去哪儿了。她懒洋洋地靠在床头，无意起床，拿起酒瓶一口接一口，使劲地喝着。忽然，她想起来了，刚才靠在床沿上睡着了，是史蒂夫把熟睡的自己抱上床的吗？

眼看一瓶就快喝完了，她傻傻地看着酒瓶子，抱着酒瓶站起来，走到卫生间把剩下的威士忌倒进马桶，狠狠地按下抽水把手，看着黄色液体被水冲走。

她已经无所谓了，反正意外迟早会发生，恐惧也没有用。为了心爱的史蒂夫，她得勇敢面对现实，也不想乱发脾气伤害他，更不想伤害深爱她的哥哥。

这样一想，她走出休息室去找史蒂夫和她哥哥，决定走出"平行时空科研所"，哪怕她的生命所剩时间有限，也绝不低头认输。

第30章

上午10点整，史蒂夫和徐丽丽离开"平行时空科研所"，前去参加社区举办的派对，庆祝耶稣基督的诞生，同时为无家可归的流浪者募捐。

他们到达学校的时候，大门口人来人往人声鼎沸，整个大楼张灯结彩装饰一新，一棵超大的圣诞树矗立在大礼堂里，树下大大小小的礼物盒堆成小山般，烘托出浓浓的圣诞气氛。

徐丽丽走近圣诞树，把带来的礼物盒摆在树下，然后朝四周望过去，发现来客几乎全是陌生人。她心生疑惑，回头想跟史蒂夫说些什么，他不见了踪影。

这时，史蒂夫的老板彼得端着一杯酒，走来向她打招呼："丽丽，史蒂夫呢？"

"他——他刚才还在这里呢。怎么……"徐丽丽扭头向门口张望，史蒂夫也不在那儿，便又看向自助餐台。她看见史蒂夫端着两杯鸡尾酒，微笑着向自己走来，顿时松了一口气。

史蒂夫递了一杯酒给徐丽丽，见彼得正和她在交谈，笑着向上司问好："彼得，你这么早就到了？"

彼得诡异地笑道："这种场合我可不能迟到，对吗？"

他们寒暄着朝自助餐台走去。餐台上摆满丰盛的菜肴，有串烧鸡、火鸡、烤牛肉、煎三文鱼，还有蔬菜沙拉、小豌豆、以及乳酪蛋糕，吧台上各式饮料应有尽有，红葡萄酒、白葡萄酒、咖啡、热巧克力。

徐丽丽喝着红葡萄酒与彼得闲聊，视线却始终追着史蒂夫，不曾离开半步。酒过三巡，她已然微醺，摇晃着走去餐桌拿了两片三文鱼。再回头，史蒂夫从她的视线消失，不见了。她的脸色立刻凝重起来，酒醒了一半，放下餐盘绕着礼堂转了一圈，依然没有他的影子。她转身向门外走去，却被彼得叫住了："丽丽，你要走了吗？"

"没有，我出去透透空气。"

徐丽丽撇下彼得，疾步走到礼堂外面，绕着学校走了一圈去寻找史蒂夫。眼下，她并不担心自己的安全会受到威胁，反倒担心史蒂夫遭暗算。她突然间想明白了一件事情：今天如果她发生意外死了，史蒂夫一定是被女人缠上，掉入她们设下的陷阱。他会因为深深的负疚，把自己囚禁在心牢内痛苦不堪一辈子。

可能这就是他们的命运！

她突然领悟到，一个人的命运犹如无底深渊，当你看向它的时候它也在回望你，而就在那一刻，你知道自己想要的究竟是什么了。即便她无法逃脱命运的安排，无论如何，史蒂夫不能重复詹姆斯的悲剧，带着负罪感活下去。

眼下，距离发生意外的时间越来越接近，她和史蒂夫一分一秒都不能分开，否则很有可能被坏蛋钻了空子。

她在学校外围转了一圈，没有看见史蒂夫的影子，便加快脚步返回学校的大礼堂。此时参加募捐的人也开始多了起来，她在人堆里四下张望，依然没有看见史蒂夫，这回就连彼得也不见了。

她楼上楼下找了一遍，就连卫生间都找遍了，最后在游乐室的卫生间门外，听见里面传出异样的声音。她凑近门缝，竖起耳朵听，是史蒂夫的说话声。

"史蒂夫，是你在里面吗？"徐丽丽一边敲门，一边发问。

……

徐丽丽发急了："史蒂夫，我知道你在里面。"她加快敲门的频率大声叫道："史蒂夫，开门，开门。你快开门。"

卫生间的门打开了。

史蒂夫站在门口，尴尬地看着徐丽丽，刚想张口解释。从他身后传出女人嗲声嗲气地惊叫声："嗨，史蒂夫，我们才刚开始呢，你就——"

女人赤身裸体，两条雪白的手臂缠在史蒂夫的腰际，"咯咯咯咯"笑得放纵而不知廉耻。史蒂夫企图摆脱女人的纠缠。他越是用力挣脱，她的腰肢柔软得犹如一条蛇，紧紧地贴在他的背部。

史蒂夫惊慌地连忙解释说："丽丽，你听我说。事情不是你想的那样的。"

徐丽丽哪里还能听得进解释，她简直不敢相信自己的眼睛。尽管她知道这是一个陷阱，可是面对眼前的情景，还是有些无法接受。她的目光转向史蒂夫，狠狠地瞪了他一眼，掉头便走。

她伤心地流着眼泪，顾不得穿走寄存在起坐间的大衣，慌慌张张地冲向大门外。

史蒂夫见状，奋力掰开女人的手臂，急忙地追了出去。他刚到达校门口，听见"啊"的一声尖叫。一辆飞驰的摩托车疯狂地撞向徐丽丽，她被撞飞了起来，重重地摔在路中央，接着传来汽车轮胎锁死，橡胶摩擦柏油马路的刹车声。那辆肇事摩托车稍作停顿，开足马力，朝路旁的一条岔道疾驰而去。

史蒂夫顿时两腿发软，呆呆地站在原地，不可置信地看着眼前发生的一幕，刹那间仿佛灵魂出窍，愣住了！

瞬间过后，他绝望地跑向徐丽丽，跪在地上把她抱在怀里。借着黯淡的路灯，他见徐丽丽紧闭两眼，灼热的鲜血顺着她的额头流下来，心不由得抽搐了一下，忍不住惊叫道："丽丽，丽丽，你醒醒，你醒醒啊。"

"啊呀，好像出车祸了欸……"

"她昏过去了——叫救护车了吗？"

"看样子伤得不轻啊？"

路人们纷纷围拢过来，大家七嘴八舌地议论着，史蒂夫急得朝人们大声叫唤："快打911，拜托了！"

情急慌忙之中，史蒂夫在人群中发现了科茨和杰森·摩尔，也正关注着徐丽丽的伤势。当他的目光与科茨相遇的时候，杰森·摩尔在一旁看见了，立刻说道："你放心，救护车马上就到，肇事者逃不了的，警车已经追过去了。"

史蒂夫听了之后略感心安，但还是不停地抬腕看表，救护车赶到出事现场用了8分零10秒。这8分零10秒，他等得真是心焦啊，仿佛一个世纪这么长久！他凝视着昏迷不醒的妻子，心疼、愧疚、无奈和自责，一时间万般情绪涌上心头，交织折磨着他。

此时此刻，在实验室忙碌的徐黄河，通过徐丽丽手臂内的追踪器，得知妹妹没有躲过劫难，意外还是发生了，而且还提前发生了。他焦急万分，心如刀绞，立刻放下手头工作赶到医院。

在医院的手术室外面，他看见史蒂夫双手撑着脑袋，坐在走廊的椅子上，面如死灰。他顾不上走廊上还有其他人，只管发泄心里的感受，对着史蒂夫劈头盖脸厉声质问："史蒂夫，你是怎么答应我的？我真不该相信你，我错看你了。不，这全是我的错。是我无能，哦，上帝呀……"

史蒂夫抬头望着徐黄河，嘴唇上下蠕动，露出一口雪白的牙齿，竟然说不出一句话来。他也不想为自己辩护。被徐黄河不问青红皂白，怒气冲冲地指责，他的心里反倒舒服一点。现在他只有一个愿望，希望徐丽丽能够坚强地挺过来，再大的委屈都愿意承受。

杰森·摩尔自打意外发生后，始终陪在史蒂夫的身旁，直到徐丽丽被推进手术室。其实他的心里也非常自责，警察局和联邦调查局在学校的里里外外布置了充足的警力，把来宾的身份全都过滤了一遍，保护措施可说是万无一失。谁能预料慈善会还没有开始，徐丽丽突然冲向马路中间，事故突然发生了。

这只能证明犯罪团伙心狠手辣，狡猾奸诈，他们想干掉徐丽丽和史蒂夫的决心，非常坚定。徐黄河一味地责怪史蒂夫，似乎有欠公平。在他看来徐黄河是科学家，研究的科学项目相当尖端，他们下一个袭击的目标很可能是他也说不定。

杰森·摩尔想到此，便主动上前与徐黄河打招呼说："你好，我是杰森·摩尔，纽约警察局助理总警监。如果我没猜错的话，你是徐丽丽的哥哥吧。对于徐丽丽的伤势，我感到非常遗憾。你有什么疑问，可以问我。"

徐黄河的目光立刻转向杰森·摩尔。今天早上，他就是因为听了史蒂夫的话，纽约警察局和联邦调查局将联合起来，保护他妹妹的安全，这才放心让她走出科研所。结果意外还是发生了。理智上他明白不该怪他们，但是感情上却接受不了，心里别扭不愿搭理杰森·摩尔。

史蒂夫见此情景，站起来，悲痛地向徐黄河介绍徐丽丽的病情："丽丽因为颅骨多处骨裂，脑组织移动了位置，出现严重的脑疝现象，处于脑死亡状态，不得不接受开颅手术。"

徐黄河因心生闷气，依然不吱声。不过他惦记着妹妹的病情，似乎要做最坏的打算了。他琢磨着下一步的计划，以防她的情况进一步恶化。

这样一想，他抬腕看表：11点35分，手术已进行了1小时5分钟，可能还要持续两三个小时。他对和他一起来的埃伦说："我们要早做准备，准备把丽丽接回去。你先回科研所安排，我在这里盯着，我们随时联络。"

"好，那我先走了。"埃伦答应着转身就走，也没来得及与史蒂夫和杰森·摩尔打招呼。

徐黄河点头默认。

经过4个半小时的焦急等待，徐丽丽终于被护士推出手术室，徐黄河和史蒂夫立刻围上来。

徐丽丽躺在病床上，鼻腔里插着管子，由于刚刚做过开颅手术，她面部充血，眼睛肿得只剩一条细缝。史蒂夫的心被刺得痛极了，泪水不由自主地顺着脸颊流下来。

杰森·摩尔走上前，扶着史蒂夫的双肩，把他拉到一旁安慰道："很遗憾，徐丽丽伤势这么严重，现在你什么都不能为她做。走，去听听医生怎么说。"

主治医生正好从手术室出来。他们立刻围上前去询问情况。徐黄河望着生命垂危的妹妹，强忍眼泪问道："我是徐丽丽的哥哥，她的情况怎么样？请你如实告诉我。"

这样的情形主治医生见多了，因此简要地介绍说："徐丽丽送来的时候，已经不省人事了。坦率地讲，她现在无法自主呼吸，只能通过仪器勉强维持生命。接下来，就要看她自己的生存意志了。"

徐黄河当然明白他妹妹目前的处境。她改变了时间线，反而使得"意外事件"提前发生，并且是以另一种形式出现。如此一来，他之前准备的补救方案，也就于事无补了。他必须另外想办法来挽救的生命，便焦急地问道："请问，她治愈的可能性是多少？"

"她的情况很不乐观。她的脑干反射消失，脑电波消失，康复的概率只有1%，恢复清醒的概率几乎为零。"主治医生坦言，治愈徐丽丽的希望很渺小。

"我要把她带回去。埃伦是生物学工程专家，也是特别棒的医生，我们来照顾她。"徐黄河的视线没有离开妹妹。他机械地说了这番话，却紧锣密鼓地反复思量，酝酿一个挽救妹妹生命的方案。

"不行。她现在尚未脱离危险，还是留在医院稳妥。"主治医生非常担心，拒绝了徐黄河的要求。

徐黄河态度坚决地对主治医生说："我坚持。"

今天早上就在徐丽丽出事之前，他意外地获悉一个惊人的好消息。徐长江在屏幕那端兴奋地告诉他："黄河，吉姆攻克了一大难题，丽丽的意识下次跨越'前时空'，至少能停留3个月……"

未等徐长江说完，他已经兴奋起来，竟下意识地露出难得的笑容，大声说道："太棒了！这是大突破呀。"

谁知他话音刚落，便传来丽丽遭遇不测的消息。

爱因斯坦说过："时间是不可逆的！"

过去的已经过去，他无法挽回。兴许，他能改变未来。但是改变未来的前提条件，妹妹的心脏不能停止跳动。情急之下，他想到一个绝妙的方法：使用障眼法迷惑肇事者，让他们以为妹妹已经去世，尽快安排她的意识跨越"前时空"，在那儿稍作停留，安全就有保障了。

徐黄河看着主治医生，以毫无商量的语气说："我带她回家，现在就走，请你签字吧。"

"那好吧，我派救护车护送她。"主治医生只能答应了。

史蒂夫见他们要把徐丽丽送走，立刻急眼了："我不同意。徐丽丽是我太太，我不放弃治疗。"

"谁说放弃治疗啦？"徐黄河的脸色相当难看。他依旧望着妹妹，语气略带责备地说道："史蒂夫，是你说服我的，说保安措施万无一失，我相信了你。她现在——"

徐黄河哽咽地低头，说不下去了。

"我……我——"史蒂夫锐气顿失，无话可说。他知道，徐黄河在科研所一定有挽救丽丽的办法。此时固执己见对丽丽不利。

杰森·摩尔立刻解释道："对不起，徐先生。这不能全怪史蒂夫，我也有责任。"意外发生的时候，他正巡视到学校的大门口，亲眼看见徐丽丽冲到大街上，摩托车撞飞她倒在血泊里，就是一眨眼的工夫。

徐黄河紧绷的脸，此时略显松弛一些。他接下来的计划需要警方和联邦调查局的配合。而且他明知会有意外事件发生，无论谁都无法阻止，他现在找茬显然没道理。

主治医生见此情景，看着徐黄河追问道："你们决定了吗？"

徐黄河点点头，然后退后几步，示意史蒂夫和杰森·摩尔过去。他放低声音问杰森·摩尔："警官，你能护送丽丽返回科研所吗？"

"当然，我很乐意效劳。"杰森·摩尔一口答应。

徐黄河马上说道："谢谢。你去准备掩护车辆和护送人员，我有一个回实验室的方法，这个方案需要主治医生的配合，由我和史蒂夫去办。现在我们分头行动，越快越好！"

第31章

12月24日晚上7点整，全美各大报刊的副刊和网络新闻网站，发表了一则讣告：

讣 告

全美环球电视台记者徐丽丽，生于1997年1月15日，华裔，因车祸脑部受重伤医治无效，于2019年12月24日下午7点30分，在亲人的陪伴下辞世，终年22岁。遵从徐丽丽女士的遗愿，火葬地点不对外公开，葬礼一切从简。特此讣告。

史蒂夫·李，徐黄河哀告

2019年12月24日

在"梅森投资集团"的总裁办公室，彼得·瓦拉赫手上夹着一支雪茄烟，站在落地窗前居高临下，眺望着远方的天际线，悠然地吞云吐雾，等待着一个盼望已久的好消息。

"梅森投资集团"的大楼位于华尔街121号，总共84层，是曼哈顿下城最美丽的超高摩天楼，落成于1929年，是当时全世界最大的建筑物，占据了金融人道整整一个街区，而大楼对面蜿蜒流淌的东河，仿佛总是默默地、忠实地陪伴着"梅森"。

　　这一带是纽约的金融区，被当地人戏谑为FiDi，集中了众多国际金融机构的总部和办事处，以及纽约证券交易所和纽约联邦储备银行，当然还包括华尔街的投资银行，使纽约自然成了世界金融和经济中心的重要原动力。

　　在华尔街的9大投行中，"梅森投资集团"可说是华尔街的核心，提供给员工平均百万美元的年薪，从事着证券发行、承销、交易、企业重组、兼并与收购、投资分析和风险投资项目的融资业务，是资本市场的主要金融中介机构，被称为销售方（Sell Side）。

　　而与投行（投资银行）业务对应的养老基金、教育基金、保险公司、共同基金、对冲基金和私募基金，则组成了世上"我最大"——投行必须求我的傲慢的购买方（Buy Side）。

　　所以像"梅森"这样的投资集团，员工因为公司"销售服务"的本质，他们不得不整天抱着电话簿，守在电话边销售股票和债券，好似狗一般地叫卖吆喝，都戏谑自己是"卖方狗"。

　　不过作为全球领先的投行，"梅森"所从事的并不只是投资银行业务，他们尤其擅长机构客户服务、投资与借贷和投资管理，是全球盈利能力最强的跨国投资银行，为公司、金融机构、政府与高净值个人在内的各类客户，提供金融一站式服务，规模之大可谓全球之最。

　　在"梅森"重要的客户名册中，马特奥·鲁索绝对是一个非同寻常的客人，他的黑社会教父身份，对于彼得·瓦拉赫有着非同寻常的意义。他们维持了长达10年的生意往来，马特奥为彼得带来了巨大的经济利益，当然这种利益输送也是你来我往的。

他们维系着利益共同体，难免会计算和权衡得失，有时候会在你来我往的纠葛中，越纠缠越无法分清你我，犹如两条线纠缠成一只下降的螺旋，只能捆绑在一起往下沉。

彼得深深地吸了一口烟，抬起头，向空中缓缓地喷着烟雾。突然，墙上的大屏幕发出声响，显现了一个人的头像，是他的秘书贝尔·罗斯，来向他汇报工作了。

"罗斯，情况怎么样了？"

"彼得，徐丽丽死了。"罗斯惊慌地说。

"什么？"彼得听了一愣。他气得眉毛倒竖，雪茄烟往地上一扔，右脚尖狠狠地踩上去，咬牙切齿地骂道："他妈的，一群废物！谁让他们弄死她了。她死了，史蒂夫还会乖乖听话吗？他妈的蠢蛋。"

罗斯焦急地问道："我们怎么办呢？"

"我亲自跟马特奥解释，你别管了。"

"好吧。"

墙上荧屏的头像消失了。

"这群废物。"彼得一边骂，顺手从桌上拿起手机，思量着该用什么样的措辞，去跟马特奥谈论这件事。

在"平行时空科研所"，徐丽丽躺在实验室的床上，史蒂夫陪伴在她的身旁，心情极其复杂。他亲吻着她的额头，嘴里咕哝着："对不起，亲爱的，我对不起你。"

昨天，为徐丽丽办理出院手续的时候，徐黄河向他和盘托出事情的来龙去脉：徐丽丽从"前时空"获得了"天机"，得知他将陷入被人暗算的陷阱，便自说自话单独行动，去古根海姆美术馆，成功阻止了海伦的阴谋，结果闯下大祸，导致意外事件提前发生。他这才恍然大悟，一切的一切都解释得通了。

一旁的埃伦正为徐丽丽输液，准备进行她的第4次跨越"前时空"实验。他见史蒂夫懊恼的模样，连忙安慰说："史蒂夫，丽丽不会有事的，我们不会让她出事情的。"

徐黄河一面关注着巨型智能检测仪，等待徐长江发来信号，一边想着埃伦的话。

在"前时空"，徐长江得知丽丽遭遇不测，也说"她不会有事的"。因为徐长江的科学实验得到了证实：由于人的大脑只是意识的接收器和放大器，是拥有意识的生命构成了宇宙，而人的意识也是实质物体。即便丽丽的大脑处于停顿状态，但储存在她脑细胞微管里的意识信息，却仍然在活动，那是超越肉体的"量子信息"，也就是人们所理解的灵魂，是可以"永远"储存在徐美美的克隆体内的。而两个时空互相对应的人，他们之间不会产生抵触。他已经做妥了准备工作，能够保证丽丽的生命安全。

"现时空"，徐黄河正回味着徐长江的实验结果，他看见巨型的大荧屏上，出现了徐长江和吉姆的身影。

顿时，所有的人都屏住呼吸，等待徐黄河发出实验开始的指令。

徐黄河看了看史蒂夫，又爱怜地望了一眼妹妹，然后毫不犹豫地命令道："大家注意了，第4次量子隐性传送实验，现在开始。"

埃伦立刻为徐丽丽戴上"戒指"，并轻轻地把她的铁床，推向超高维度智能机的前面。

史蒂夫也跟了过去。他好奇地盯着徐丽丽的脸庞，屏住呼吸，不想放过她脸上的细微变化。

奇妙的事情发生了!

徐丽丽安静地躺着,脸上没有任何反应,却见墙上的大荧屏上,"徐丽丽"从徐长江的身后探出脸来,微笑地向他们招手:"嗨,你们好!史蒂夫,你好吗?"

第32章

　　徐丽丽的意识穿越到"前时空"，已经13天了。她住在徐长江的家里，努力适应着眼花缭乱的陌生环境，唯一熟悉的地方，就是徐美美的卧房了。

　　她生活的时空与这里的"前时空"，相差了整整28年，然而第一次踏进徐美美的卧房，却还是大吃一惊。因为徐美美结婚前的房间布置和家具摆设，竟然跟她的卧室一模一样：

　　靠窗的角落摆放着一排书架，五彩的落地灯紧挨其旁，床头柜上的台灯亮着，柔软微弱的光线，从雪白的灯罩下散发出来，照射在对面低衣柜上的一幅油画上——两棵向日葵在蓝天白云下，迎着太阳竞相绽放。那是她16岁生日的时候，史蒂夫送给她的生日礼物。不，准确地说，这幅画作是徐美美16岁生日时，詹姆斯送给她的礼物！

　　徐长江站在一旁，见徐丽丽嘴巴微张，一副不可置信的模样。他微笑着解释说："美美大学一毕业，就搬到詹姆斯那儿去了，她的房间我一直没动过。"

　　徐丽丽听了徐长江的话，暗自称奇。她和徐美美一样，大学毕业后便离开皇后区的老宅子，迫不及待地搬去和史蒂夫同居，她哥哥就成了

"空巢老人"。后来她哥哥也离开老宅，在曼哈顿租了一套公寓方便上下班。只有节假日，他们兄妹才会相约在餐馆吃饭，聚在一起聊聊天。

原本，她不觉得离开哥哥有何不妥的地方，来到"前时空"的这些日子，她感受到了哥哥的真诚关爱。现在回想起来，多亏了哥哥和徐长江的努力，她才得以活到今天，对哥哥，她除了兄妹之情，心里还充满了感激之情。

"谢谢您救了我！"她望着徐长江，说出了内心的感受。可转眼间她又担忧起来。她的本体遭遇恶性车祸之后，依然处于脑死亡的状态，徐长江解释说，由于目前的技术限制，她在"前时空"最多只能停留3个月。究竟是谁想置她于死地？她能否恢复健康？抑或她根本就回不去了？史蒂夫现在怎么样了？

她的担忧全都写在了脸上。

徐长江凝视着徐丽丽，对于她的心理活动一清二楚。他只能不停地安慰她："丽丽，你目前的首要任务是好好休息。其他的事情，我跟黄河会想办法解决的。"

徐长江嘴上安慰着她，内心却异常着急。美美的克隆体在接受了徐丽丽的意识之后，长时间待在"前时空"，兴许会产生生理上的变化。那么徐丽丽的本体在她生活的时空里，可能也会出现异常的状况。这些因素他和徐黄河都想到过的。如果3个月之内，他们无法攻克这个难关，徐丽丽就很难逃脱美美的命运了。

时间紧迫，他和徐黄河又面临着新的考验！

这天早上，彼得·瓦拉赫提前来到办公室。他点燃一支雪茄，习惯地站在落地窗前，望着尽收眼底的东河，思考着下一步的计划。突然，墙上的大屏幕上，传来秘书罗斯的声音："彼得，彼得……"

彼得慢悠悠地坐回到皮椅上，两只脚往办公桌上一搁，不慌不忙地问道："你慌什么呀？"

"彼得，徐丽丽没有死，她的灵魂穿越去'前时空'了。还有一个重要的情况，海伦的电脑被黑客了。"屏幕上，彼得的秘书贝尔·罗斯焦急地问："我们怎么办？"

彼得听了一怔，脚一抖，身子差点栽倒在地上。他马上强作镇定，却还是气急败坏地吩咐道："贝尔，你马上过来。立刻！"

他早就应该预料到的。徐丽丽的死亡讣告是一个障眼法，教堂里摆放的棺椁，鬼知道里头放的是什么东西。他原本以为在这个地球上，只有他们掌握"量子隐性传送"技术，现在又多了一个竞争者，可以断定未来在这个领域的利益争夺战，不是你死，就是我亡。直觉告诉他，必须抢占先机行动起来，胜利的希望才有可能会掌握在他们这边。

他暗自庆幸，马特奥没有因为他的失误——失手撞死徐丽丽，在电话里向他发脾气。好在奉命执行任务的小子，是他用3个比特币（相当于一万美金），从暗网上招募来的杀手，又便宜、又好用、又安全，绝不可能追查到他的头上。他从马特奥那里获知，FBI已经开始保护史蒂夫和徐长江，他们不再方便采取行动，得暂时隐藏起来。

他沉静了片刻，短短一分钟，便产生了一个绝妙的计划，一个大胆的决定。如果他的计划成功，无异于挖到一座大金矿，将提供更多的资金进行 "量子隐形传送"研究。万一计划失败，产生亏损，输掉的金钱也不用他掏腰包。

彼得正暗自得意，只听罗斯开门进来，并且追问了一句："彼得，你有何吩咐？"

彼得眼珠骨碌一转，略一沉吟，吩咐罗斯："你马上去追踪徐丽丽的本体位置，严密监视史蒂夫的动静。"

"我知道了。"罗斯脸上带着疑惑，转身走出办公室并带上门。

在"前时空"，这天早上，徐丽丽醒来朝窗外看出去，外面鹅毛大雪纷纷扬扬，犹如数不清的白蝴蝶漫天飞舞。她跳下床，光着脚丫子走近窗前，看着白雪密密麻麻地飘落下来，一座座屋顶若隐若现，宛若盖上了一层白色纱巾，地上也仿佛铺上了雪白的地毯，天地间一片白茫茫。

她盯着窗外的景色，有些入神了。

"丽丽，我去实验室了，有事给我电话。"徐长江在自己的卧房，通过电话远程控制系统，跟徐丽丽道别。

"哦，知道了。今天礼拜天，我来准备晚饭，记得回来吃哦。"

她已经计划好了，过一会儿邀请詹姆斯过来，礼拜天，3个人团聚吃一餐饭，聊聊天，就像他们过去的日常那样。她这样想着的时候，不由得思念起史蒂夫和哥哥徐黄河。

眼下，她的本体还躺在"后时空"实验室的床上，史蒂夫和哥哥的心情一定不好受。她不在了，他们要怎么过周末呢？她越想越不是滋味儿，泪水顺着脸颊流下来。她泪眼汪汪地来到卫生间，傻傻地望着镜子，发现镜子里的自己脸庞松弛，眼袋明显突出，眼角边多出好多鱼尾纹，看上去好似中年妇女。

她顿时惊慌起来，想起两天前，隔着大屏幕与史蒂夫对话。他还问她来着："丽丽，你的脸怎么了？好像变了模样。"

她当时听了也没放在心上，以为是来到"前时空"，因时空差异的缘故，令她的样貌与往常不同。现在她似乎有些明白了，毕竟她的身体是美美的基因克隆，前几次跨越"前时空"，因为时间短暂，尚未发现克隆体的机能变化。

她也因此而理解了，为什么她的"心"和"身体"，会不受大脑的控制。大脑分明清楚地知道，史蒂夫才是她的丈夫，而"心"却背叛大脑，常常不自觉地想念詹姆斯，"身体"也禁不住地想靠近他。就好比眼下，她的"内心"真正需要，甚至渴望见到的人是詹姆斯。难道这就是人们所说的"灵魂附体"吗？

徐长江是物理科学家，她"身体"上的生理变化，他一定早就察觉到了。他咬紧牙关不点破，是科学家的严谨呢？抑或根本就不是好兆头？她下意识地盯着手指上的戒指，耳边响起她哥哥曾经说过的话："这枚戒指是一个内置传感器，能记录你的生命体态，它的计算功能足以运送卫星上天……"那么，她哥哥在另一个时空内，也应该关注到她的生理变化，为什么他也闭口不谈呢？

想到此，她等不及了，急匆匆地梳洗完毕，早餐也顾不上了，走到门口双手撑开，一件外套便自动上身。她身子一闪来到门外，踏上一辆四轴飞行器，朝曼哈顿方向开去。她渴望见到詹姆斯，如果能够靠在他那宽阔的肩上，倾诉内心的焦虑，便会感到无比幸福。

在纽约市地方检察办事处，地方检察官兰斯·夏普靠在大背椅上，手里摆弄着一支派克金笔，不时地眯缝起眼睛，倾听助理检察官林健汇报近来的工作。

美国的检察体制，具有"三级双轨、相互独立"的特点。所谓的"三级"是指联邦、州和市镇的三个政府"级别"，而"双轨"则分别由联邦检察系统和地方检察系统行使，二者平行，无论"级别"高低和规模大小，都是相互独立，互不干扰的。

联邦检察系统的首脑是联邦检察长，同时也是联邦的司法部长，主要职责是制定联邦政府的检察政策并领导司法部的工作。虽然他（她）

是联邦政府的首席检察官，但只在极少数案件中代表联邦政府参与诉讼，而且仅限于联邦最高法院和联邦上诉法院审理的案件。

州检察长一般由本州公民直接选举产生，大多都采取政党竞选的方式获选，任期为4年，负责调查、起诉违反联邦法律的行为，并在联邦作为当事人的民事案件中代表联邦政府参与诉讼。警察机关在刑事案件的调查和破案过程中，都将接受他（她）的指挥。

兰斯·夏普是以民主党的身份参加竞选，获胜后当选为纽约地方检察官的。由于纽约州位于美国东部沿海地区，是全美经济最发达的州府，拥有最大的城市纽约市。这里移民众多，20%的居民出生在美国之外。而纽约州内拥有多个闻名全球的高等学府，思想开放，自由主义风气盛行，是民主党的坚定追随者。在最近的两次大选中，民主党在纽约州的竞选，都取得了完胜。

当然，地方检察官是兰斯政治家职业生涯的起点，说穿了，这是一份"临时性"的工作，充其量是他通向终极奋斗目标——坐上美国总统宝座的"跳板"。

兰斯心里明白，自己还有相当长的一段路要走，必须全力以赴投入其中，拿出一份漂亮的成绩单，争取4年后连任，然后参加竞选纽约州检察长，就像比尔·克林顿那样达到目标。

林健站在一旁，见上司认真地听着，便递上自己的iPad，屏面上显示着纽约银行股的买卖交易记录，便继续汇报说："我想谈谈梅森集团，这两个月梅森疯狂购买纽约银行股，金额非常巨大。目前有3家公司跟风，大量买进纽约银行股，我们要不要立案调查？"

"嗯，这个已经不是新闻了。早上证监会的埃德华·霍恩闯进来，身后跟着联邦调查局的人。霍恩也发现梅森集团有问题，要我立案，被我给挡回去了。他们要是证据确凿，为什么自己不立案，要来调动我的资源调查呢？"

兰斯把手上的金笔随手一扔，起身说道："自从新总统上任后，梅森的买卖交易，全都踩在点子上，你不觉得奇怪吗？要是没有内幕消息，这怎么可能呢？等我养肥了他们，到时候跟彼得·瓦拉赫算总账。"

"哦，你这是'放长线钓大鱼'啊！"林健笑着收起iPad，手一挥说道。

"嗯。你盯紧他们，发现情况及时告诉我。"兰斯叮嘱了一句，心里暗想：现在证据还不充足，就是把彼得·瓦拉赫抓进来，等他的律师团队一到，经过谈判讨价还价，最多罚款了事。不出24小时，他又返回"街上"作恶去了，除非把这头金融大鳄一剑封喉，关进大牢，天下才会太平。

林健听了兰斯的话，立刻领会了上司的意图。他们曾经同在一个律师事务所共事，他的办案能力受到兰斯的赏识。在这个两百多人的办事处，他的地位是一人之下，百人之上——办公室的第2号人物，直接向兰斯本人负责和汇报工作。也只有像兰斯这样高级别的资深地方检察官，可以起诉辖区内的重大案件，以及在社会上影响更广泛的案件。

所以，当兰斯竞选获胜就任地方检察官，第一件事情便是搭班子，说服他当助手。

话说"一朝天子一朝臣"！

每个检察官新上任时，都会带来一批自己信任的助手，同时解雇一些原来的工作人员，造成助理检察官的"流动性"：即失业率相当高。这是检察官的"政治性"所决定的，也是助理检察官的职业特点。

一般来说，助理检察官的工资待遇普遍比较低，所以很多人都把这个职位当作"实习"的机会，跟在检察官身边工作几年，积累一些审判的实践经验，然后抢在下一轮竞选之前，纷纷"跳槽"另求发展。助理检察官的"流动性"严重影响了检察工作的职业化，也影响了执法工作的效率和连续性，这是美国司法系统的弊端。

而林健看好兰斯的潜在能力，坚信他的政治理念。当兰斯说服林健作为他的助手，承担具体案件的调查和起诉工作，负责重罪刑事案件的时候，像是侵犯人身罪和财产罪，尤其是诈骗罪的收案、预审听证、大陪审团调查、法庭审判和上诉等阶段的检察工作，他无不全力以赴执行命令。

眼下，他必须监督手下人员，推动并执行兰斯制定的破案计划，负责准备好新闻稿件，让兰斯可以随时应对选民的提问。

他暗下决心，跟定了兰斯一直走到底。

第33章

　　在"平行时空科研所"的实验室，徐丽丽的本体依然躺在专护房的床上，身上插满了各种管子，情况不容乐观。

　　徐黄河担忧妹妹的安危，车祸发生后一直待在实验室，守候在她的身旁，只有埃伦来替换他了，才敢合上眼睛休息一会儿。

　　徐黄河的担心也不无道理。两天前，埃伦不忍心看他通宵熬夜，人累得已经到极限了，主动替代他来看护徐丽丽。

　　这天晚上，史蒂夫下了班，正好也来看望妻子。

　　不料，深夜两点钟的时候，徐丽丽突然呼吸困难，似乎一口气换不上来，就会有离开人世的危险。埃伦立刻伸出右手的食指和中指，触摸着徐丽丽的颈动脉，暗暗数了10秒钟，脉搏没有跳动。他马上意识到，她因为大出血，心脏无法有效收缩，导致血液循环停止，若不及时治疗，几分钟就会走向死亡。

　　埃伦急忙调整徐丽丽的头部位置，对她实施胸外按压，大约过了30秒，她的面色由紫转为红润，颈动脉也有了跳动。他还是不放心，翻开徐丽丽的眼皮，用手电筒观测眼球变动。他发现，她的瞳孔由大变小，眼球转动对光产生了反射。他松了一口气，对徐黄河说道："她没事了。"

徐黄河仰天长叹一声，两眼含泪看着史蒂夫，心里的怨恨达到了沸点，忍不住抱怨道："你看见了，你留在这里也没用，这里不需要你，我不想见到你。你走吧。"

听了徐黄河的话，史蒂夫倒吸了一口冷气，心里别提多委屈了。他望着躺在那儿的徐丽丽，看上去似乎很平静，完全不知道刚才发生了什么，以及正在发生的事情。她是他最爱的亲人，看着她挣扎在死亡边缘，要说心疼当然是他了。徐黄河却视他为眼中钉。他沦落至此，受到这样的惩罚，唯一做错的事情，就是没有及时摆脱"美人计"。他为此失去了自由的代价。现在他无论走到哪里，起码有3个联邦调查局的探员跟在身后，他们甚至还给他配备了一名替身，身材面貌与他相仿。

当晚8点05分，他下班后急着来实验室探望妻子，没有按照事先约定的规则，独自走在曼哈顿第五大道上。当他走至34街的拐角处，前往第六大道的时候，一位联邦调查局的探员疾步上前，一面麻利地褪下外套，一面对他说："我是FBI，快把你的外套给我，有人跟踪你。穿上我的外套，赶快离开。"

史蒂夫见来者也是亚裔，身高和体型几乎跟他一样，远看的话活像一对双胞胎。他立刻明白了，这是丹·科茨的办案手法，以假乱真扰乱敌人的视线。

但是首先，他们必须把内鬼揪出来。

自打他和徐丽丽被跟踪之后，他曾经在实验室关掉所有的灯，在黑暗中搜索针孔摄像机，寻找微小的红色或绿色LED信号，留意出现的任何反光点。结果一无所获。

他不相信自己的逻辑判断错了。

所以当丹·科茨接手他们的案子，他提了一个建议，借用FBI的探测器把平行时空科研所彻底检查一遍，找到隐形针孔摄像机，查出泄密者，确保实验室的安全。所以在徐丽丽被转移来科研所之前，他主动协助埃伦，根据丹·科茨的指导，采用射频信号探测器，仔细检查了一遍科研所。这种探测器轻便小巧，操作简单，可以通过频谱分析仪，捕捉到普通探测器无法发现的"扩展频谱"技术——快速连续的多频信号。结果还是一无所获。当时他感觉危险正一步一步逼近，就是没想到会来得这么快，而且防不胜防。

徐丽丽刚出事的头两天，他生命中的阳光没有了，心情犹如死灰一般，由开始的惊慌失措，逐渐变得颓废彷徨，情绪低落到极点。他已经不在乎自己的安危，一副豁出去的样子，希望能像徐丽丽那样，毫无知觉地躺在病床上，醒来后一切都是原来的样子。有两次，他故意躲避联邦探员的保护，偷偷地独自去公司上班，盼望死神降临在自己身上。

他这破罐子破摔的情绪，被杰森·摩尔一眼识破了。"史蒂夫，你没有权利逃避现实，浪费生命。这是自私、狭隘、怯懦和愚蠢的行为。你要相信正义必将战胜邪恶。现在她——你的太太需要你。汉瑞的案子需要你。我希望你为汉瑞作证。你钥匙扣里的录音，即便不能作为法庭上的证据，也可作为调查案件的旁证。而且突破这起大案，我们需要你的帮助。"

杰森·摩尔犀利的话语，刺激和唤醒了他潜藏在内心的不服输的天性，促使他站起来，重新开始作战。他深知，他的生命已经不完全属于他自己。他肩上背负的责任，让生命增加了重量。无论如何，他都要扛下去。

今晚，他在亚裔联邦探员——他的替身的掩护下，去了一趟曼哈顿的梅龙镇中餐馆，买来馄饨、生煎包、荷叶香菇蒸鸡、蛋糕以及咖啡等糕点，顺利到达科研所实验室，给实验室的员工当宵夜。现在，他却被徐黄河赶了出来。他强忍委屈，离开实验室的一刹那，泪流满面。

史蒂夫回到家里，径直走进书房，望着书桌对面的一堵墙，墙上贴着他的客户、公司同僚和朋友的名字。他调整了呼吸，看着墙面上的资料，迅速打开记忆的闸门，按照各种利益关系进行排列组合。

当海伦·巴特拉的名字跳进他的眼帘，10月15日早上7点58分04秒，她第一次走进他的办公室，前来应聘秘书职位……以及12月23日在慈善晚会上，她缠上自己的情景，统统在眼前放映了一遍。

他经过排列组合重新排列，敏感地意识到在不远处，有一个影子总是盯着他的一举一动。那个躲在暗处的人，就是他的上司彼得·瓦拉赫。近来彼得对他显得过分热心，好像有什么企图似的。但是回想起来，倒也说不清哪里不对劲，他只是向彼得借过一些钱，这笔钱早已还掉了。

他在彼得和海伦的名字上打了两个圈，随即走到书桌旁，打开笔记本电脑，一屁股坐到了高背椅子上。他闭起眼睛，足足思考了两分钟，果断地新开了一个电邮信箱。他用这个匿名电邮地址，把木马病毒植入了海伦的电邮箱。不料，她邮箱里的信息全部都清理干净了，剩下的是几十封大品牌寄来的销售广告。

史蒂夫震惊之余，嘴角露出一抹浅浅的微笑，坦然了。这是自徐丽丽出事之后，他僵硬的脸上第一次出现表情。他暗自庆幸。他的逻辑判断能力并没有减弱，海伦背后确实存在黑势力，并且也知道她的邮箱被黑客，所以才把那些信息清理掉了。他自信，有能力恢复被抹掉的信息。

由此可以推断出，徐黄河领导的科研所内部，一定有泄密者，只是目前还尚未确定是谁而已。

在这一层一层的迷雾掩护下，真相究竟是什么呢？他想起了亨利·彼得森的一句名言：当你无法确定事情真相的时候，follow the money（即追踪着金钱走就能得到真相）。

亨利·彼德森是美国的律师，曾在理查德·尼克松和杰拉尔德·福特政府期间担任美国助理检察长。他在1974年参议院司法委员会听证会上，提到了"Follow The Money"。自此之后，"Follow The Money"一词在调查新闻和政治辩论中多次被使用。

顺着这条逻辑推理的思路，史蒂夫回忆了自己身边的所有人，追踪金钱的流向，一一过滤最后他的目光锁定了彼得。彼得想从他的身上得到什么呢？这样一想，他索性一不做二不休，开始了反侦察的行动。他用匿名的电邮地址，把木马病毒植入彼得·瓦拉赫的电脑邮箱。

彼得的电邮信箱原本内容繁杂，他创建了文件夹来整理放置邮件，以方便记忆邮件的存档位置。现在就像海伦的邮箱那样，他的邮箱内除了一些广告邮件，其他文件也被清扫一空。

幸好彼得删除文件后，并没有使用硬盘保存其它新数据。因此，史蒂夫推断得出结论：彼得怀疑自己的邮箱被黑客了，所以删除邮件后，再也没有使用过这台电脑。

史蒂夫冷笑一声，心想：这样倒方便我操作了。

他决定采用专用数据恢复程序，修复被删除的邮件。事实上当文件被删除时，可能是被新数据覆盖了，如果没有保存其它新数据，只要安装一个便携式文件恢复程序，便可恢复已删除的邮件。即使邮件被彻底删除，数据恢复程序就是最后一根救命稻草。

尽管他觉得修复数据的难度，不值一提，就是小菜一碟。但他还是全神贯注，熟练地使用Finnix软件，迅速处理着修复数据程序，只等修补的结果出来。

当他完成一系列的操作程序，大概是紧张了一整晚的缘故，顿时感到疲惫不堪。他站起来走进厨房，想给自己冲杯咖啡放松一下。等他返回书房的时候，终于等来了结果。他在"已删除"的文件夹里，发现一封邮件，日期是11月25日。点击打开一看，身体僵在书桌前，呆住了。

第34章

"宇宙多重时空研究所"，是马特奥·鲁索投资的研究机构，坐落在纽约北部的怀特普莱恩，隶属纽约州威彻斯特郡的一个城市，靠近洛克菲勒城堡附近，戒备森严。

当年，马特奥的父亲约翰·鲁索生命垂危，在监狱里将不久于人世。恰好就在那个时候，他得到了一份绝密情报，得知哥伦比亚大学的量子理论实验室，建造了一台量子隐形传送机器，能使人的灵魂永远储存宇宙中——人的意识可以跨越多重时空。

马特奥敏锐地意识到，这是一个绝好的机会，一个绝佳的时刻，一旦他父亲去世，便可利用量子隐形传送机器，把他父亲的"灵魂"送往其他时空，未来有一天，他和父亲能够重新团聚，利用高科技联合起来统治世界。

马特奥深知，创立宇宙多重时空研究所，是一件"烧钱"的事情，需要雄厚的资本作为后盾，钱当然是越多越好。他是个聪明人，研究宇宙多重时空不能指望立竿见影出成果，弟兄们拿枪舞棍用命换来的钱，是不能往无底洞里填的，否则连本钱都将输得精光，最好能把别人口袋里的钱，吸引到这个科研项目上来。

思来想去，他马上想到了一个人——彼得·瓦拉赫，此人凭借敏锐的商业嗅觉，在华尔街长袖善舞30多年，极其善于游说客户，他巧舌如簧，筹集资金的能力异于常人，总是能把公司的衍生产品推销出去，连他自己也成了彼得的客户。

　　事实证明他没有选错人。从华尔街包装出来的衍生证券，就像把80岁的老奶奶变成中年妇女，虽徐娘半老，但风韵犹存，进而再次把她打扮成18岁的大姑娘，不断地推销给全世界。也正因为这一优势，彼得的年薪已晋级到"亿万美元俱乐部"。

　　十几年来，为了获得巨额的研究资金，彼得·瓦拉赫创立了各种名目的私募基金，许诺以高额的回报来引诱客户，他们中的大多数非富即贵。如果谎言被拆穿了就贿赂，贿赂不行，便由他的弟兄们抓住对方的软肋，进行威胁和恐吓。这些投资人全都签署了保密文件，严密的规章制度保障了研究所的隐秘性，一旦发现泄露者就会被踢出局，取消分享丰厚利益的权利。

　　彼得设立的所有私募基金，全在开曼群岛和百慕大这个"避税天堂"注册，专门在美国境外从事离岸证券投资，像是投资面临破产、重组、贱价出售，或者财务出现困境的公司，利用各国宏观经济的不稳定性，进行宏观经济的不均衡套利活动，使用杠杆再加上避税的优势，取得丰厚的利润。

　　彼得的投机诀窍和马特奥的威逼手段，确保了科研所的资金来源，然而相比巨额的花费和投机风险，利润空间很有限。马特奥意识到毕竟是一笔长期的生意，不可能经常使用威胁的手段，只有笼络更强大的权力庇护，让"死钱"变成"活钱"，资金才能翻倍地增加，其真正的目的才能不被暴露。

　　也真是心想事成！

彼得凭着他的超凡勇气，颇为自信能赚更多的钱，他缺乏的只是一个获取内幕消息的途径，这阻碍了他扩大他明星效应的影响力。

3年前，彼得的前任雷蒙·伯克维茨被任命为财政部长。彼得得知这一消息，简直比伯克维茨本人还兴奋，这是他获取信息的绝好途径。伯克维茨是从华尔街走出去的，走马上任华盛顿的时候，理所当然地带去一批从前的老部下，这就给了彼得一个绝好的机会。他趁机游走于过去的同行中间，在财政部广泛建立关系网，搜集各类信息，使"梅森集团"在股票市场中，永远扮演"先知先觉"的角色，成为各大媒体金融版面争相采访的对象，全球的金融机构和炒股的散户们都疯狂地追随他，希望借助大庄家的东风交上好运。

去年11月初的一天早上，彼得驾驶着一辆奔驰车，兴冲冲地来到南安普敦——黑手党总部，期望立刻见到马特奥，报告一个极好的消息。

他在院落外面停好车，被门口的一个"士兵"引到主楼内，见弗兰西斯站在书房门口，板着脸，并没有让他进去的意思。他瞥了一眼弗兰西斯，心里骂了一句"他妈的蠢货一个"，然后无奈地坐在门旁的椅子上，等待马特奥的召见。

彼得瞧这戒备的阵势，一定是来了重要客人在书房开会，还不知道要等多久呢，便掏出一支香烟，抽了起来。

彼得的确很有眼力见儿，马特奥在书房接待了一位来客，此人名叫亨利·加德纳，是"宇宙多重时空研究所"的运营官。他也给马特奥带来一个绝好的消息：他带领研究所经过23年数不清的实验，终于有了一个重大的发现——在这个地球上并存着多重时空。

加德纳兴奋不已，这个绝密的消息在电话里不方便说，所以连夜从实验室来到南安普敦。他省略了客套的寒暄，跨进书房见着马特奥，开口便报告喜讯："教父，我们成功了。"

"你说什么？这是真的吗？"马特奥睁大惊喜的双眼，因为是意想不到的喜讯，他两眼闪亮，不由得抬高了音量。

加德纳马上向马特奥解释说："昨晚上，我终于发现在地球上，还存在另一个时空，比我们早了整整28年。"

"这个怎么说呢？"马特奥不理解，急着发问。

"教父，请容我慢慢向你汇报。"加德纳见马特奥站了起来，也不便坐下来，他连说带比画的，把"前时空"的特殊性，简单地介绍了一下。

马特奥听完加德纳的介绍，欣慰地舒了一口气，脸上露出欣喜的笑容。他背过脸，两手叉腰，看着窗外的大花园，见两个小侄女正挥洒手柄吹制器，吹起一个个巨大的肥皂泡，欢快地追逐着泡泡在玩耍。

他收起笑容，皱着眉头，在心里盘算开了："上帝还是眷顾我的，终于让我发现'前时空'，所有的投资都值了。"

想到此，马特奥拍拍加德纳的肩膀，夸赞说："辛苦了，我会奖励你的。"说着，他走过去打开房门，提高声音叫道："弗兰西斯，你去告诉托尼，叫詹妮不要吹泡泡。"

"是，教父。"弗朗西斯答应着走开了。

彼得趁此机会，连忙站起来，笑着迎向马特奥："教父，你好。"他有一个惊人的好消息，不方便在电话里说，此时不抓住机会，很可能会错失时机。

"咦，你怎么在这里啊？"马特奥惊异地问道。

彼得立刻压低声音，解释说："教父，我刚从财政部获得一个绝密的信息，在电话里不方便说，所以没有预约就赶来了。"

"哦——？你等我一会儿。"

马特奥说完，关上房门退回房间。两分钟后，房门重新打开，马特奥陪同加德纳出来，送走客人，招呼彼得进书房。

"好，你说吧，你有什么好消息？"马特奥问道。

彼得正绞尽脑汁想着，刚才看到的新面孔是谁，能享受像他这样的待遇，在书房秘密会见教父。现在听见马特奥发问，连忙回答说："教父，我从财政部获得消息，全美联合银行有意收购纽约银行，使其成为全美联合银行的纽约分行，我们又可以大赚一笔了。"

马特奥瞥了一眼彼得，见彼得正急切地看着他，只等自己点头。不由得暗自得意，今后我可以利用"前时空"带来的信息，先知先觉，赚尽全世界的钱，然后投入更多的资金，进行宇宙多重时空的研究，利用科学结果赚取更多的金钱，这样一来，就不必依赖内幕消息操作股市。

他本想说我们就到此为止吧。就在他开口说话的一瞬间，耳边回闪起加德纳的话，"教父，目前我们不能轻举妄动，一切必须顺其自然，否则将带来严重后果。"因此话到嘴边，他脱口而出问道："你有把握吗？"

"教父，你知道我的影响力。只要我把兼并银行的消息散布出去，不愁做不了庄家。"

马特奥盯着彼得，没有表态。

彼得暗想：依靠我的内幕消息，我的判断力和我的影响力，能让马特奥赚大发了。

在今天这样纷繁的商业社会，要做到不受任何信息和噪音的影响，恪守自由意志与独立思维，恐怕是一件非常困难的事。人们买入股票，可能因为在报纸上读到一则消息，或在财经节目里听专家的荐股，抑或是追随像他这样的"股神"，因为一时心血来潮付诸了行动。

但大家怎么会知道呢，那些"买入卖出"的建议，都操控在极少数的人手里，亏损变成了常态，盈利转瞬即逝，那些普通的人并非由于运气不佳，而是从一开始就落入被精心设置的圈套中。那些没有头脑的笨蛋们，因为做着发财梦，被置身于一连串的阴谋之中，却浑然不知。

怪只怪这些人的信息来源有限，每个人都在收看同样的财经节目、上同样的门户网站、读同一份报纸的同一个板块，茶余饭后所讨论的也都是同样的话题。传媒与大众交谈就像是无形的"消息过滤器"，最终输入他们的大脑数据早已面目全非。

阿尔伯特·爱因斯坦曾经说过："人类社会所面临的最大威胁，并不是机器有朝一日会像人类那样思考，而是人类变得像机器那样思考。"这就如同齿轮每日辛苦地运转，留给自由思考的时间越来越少。大多数人或是忙于生计，或是出于懒惰，凡事从来不问为什么，所关心的只是结论，别烦了，直接点吧：我到底该买哪只股票？

"纳斯达克指数今年能突破8000点吗？"

"我应该在什么点位买入呢？"

"巴菲特说……"

"诺贝尔奖得主克鲁格曼说……"

多数股民会轻信财经媒体、专家教授、"股市达人"，以及朋友所带来的各种小道消息，唯独不相信自己的判断。这是穷人的思维习惯，能怪谁呢？亚里士多德吗？

"西方哲学之父"——亚里士多德认为："获取智慧的良方，就是向比你更高明的人请教。"

可是在华尔街这个投机之地，请教他人往往适得其反。因为那些被公认为高明的人，实际上都是像我这样的，只要能让别人相信自己高明，或者更专业，便能赚到钱。我们招徕客户的广告，第一句话总是："我们拥有专业的研究团队。"

是的，没错。20世纪90年代初，长期资本管理公司掌门人约翰·梅里韦瑟（John Meriwether），使用复杂的数学模型，利用美国、日本和欧洲各国政府债券进行套利交易，被人们誉为"点石成金"的华尔街"债务套利之父"。

那几年，梅里韦瑟的投资基金，获得了远超大市的回报。1998年，万万没有料到的事情发生了，真可谓"智者千虑，必有一失"。俄罗斯金融风暴引发了全球的金融动荡，结果这起小概率事件，使他们那一艘巨大的"泰坦尼克号"撞上了冰山一角。

梅里韦瑟利用从投资者那儿筹来的22亿美元作资本抵押，买入价值3,250亿美元的证券，杠杆比率高达60倍，从当年5月份的俄罗斯金融风暴开始，至同年9月份全面溃败，短短的150天，资产净值下降了90%，出现43亿美元巨额亏损，仅仅剩余5亿美元，从而使公司走到了破产的边缘，巨额亏损的投资者们欲哭无泪。

事实已经表明了，那些财经传媒、基金经理、证券讲师，以及被捧得高高在上的"股神"，他们的收入五花八门，包括上市公司的赞助费、股票"推介费"、课时费、出书的版税……

"专家们"奢侈生活的资金来源，当然是来自投资收益提成，玩的是别人口袋里的金钱：赢了分享高额红利，输了不必承担任何损失，而且管理费照收不误，这是最安全的"吸金大法"。

在股市中亏钱可以有很多原因，但"虚心求教"必为其一。无论是订阅财经周刊、观看财经频道、聆听"专家"意见，还是参加"炒股培训班"……无不体现了如饥似渴的发财欲望。亏钱，要怪他们懒惰于思考，让别人代替自己做出太多决定。在这个弱肉强食的股市丛林，当羊向狼请教要如何才能生存时，狼肯定会回答说：我可以告诉你，但是请让我先吃掉你身上的一块肉。

这是一笔稳赚不赔的买卖，马特奥相当清楚，但他此时为何犹豫不决呢？他们是完美的投机搭档，继续合作风险下降，利大于弊。想到此，彼得不得不采用激将法："教父，你已经富可敌国。如果你不想参与这笔生意，我不勉强。这个机遇一生难得，我想做。你不反对吧？"

"我说不参与了吗？"彼得话音刚落，马特奥瞬间拿定主意，决定参与银行兼并的投机。往常在这样的游戏中让他占据上风，是依靠雄厚的资金和政治资本做后盾，以换取彼得的投机操作技能和内幕消息来源。

但是这次不一样，投机操作的外围环境发生了变化，新选举削弱了马特奥在政界的力量，一些参议员和警察局高官的名字，已经从集团的工资单上消失，扶植新的政治力量需要时间。

从"前时空"获取情报，先知先觉赚大钱，同样需要时间。这次彼得获得内幕消息做局投机，虽说存在风险，就这么放弃也是蛮可惜的。何不作为收官之作呢？

这样一想，马特奥两眼炯炯有神，看着彼得自信地说道："好吧，让我们再合作一把。"

彼得一听，心里欢喜得雀跃起来，脸上却不敢露出喜色。马特奥发现了"前时空"，今后他的内幕消息便会失去价值，恐怕这是他们最后的合作机会，他必须为自己争取最大的利益。他从大衣口袋掏出一盒烟，抽出一支递给马特奥，自己拿了一支烟点燃后，慢悠悠地问马特奥："教父，你想怎么玩呢？"

马特奥低头把玩着手上的烟卷，知道彼得深藏不露，想吊高来卖。他略微一想，抬起头，夹着雪茄的手一挥，诡异地笑道："这样吧，我出资金占60。"

彼得两眼放出阴冷的光，全身的毛孔都雀跃起来，毫不示弱地直视对方："No，这可不行。在这笔生意上，你的资金固然重要，我的信息资源更有价值，再加上我的投资天赋，我占55。"

马特奥本想再争执一番，但是转而一想，即便自己资金雄厚，但是政治资本已大不如前，如果缺乏彼得这样的庄家，那是一潭死水掀不起大风大浪，便答应道："既然这样，大家各退一步，我们五五分成。"

彼得听了干笑两声，伸出大拇指赞叹道："教父，你果然大人有大量，成交！"

彼得和马特奥终于联合起来，两人达成为期6个月的合作协议：马特奥出资投机纽约银行的股票，彼得则凭借投机天赋，以及从财政部获得的内幕信息，分享50%的利润。

秘密协议签完后，彼得经过周密的安排，着手实施他的整盘计划。几天后，"全美联合银行"有意收购"纽约银行"的机密消息，首先在曼哈顿的"亿元俱乐部"悄悄地流传，然后在人们的求证过程中，一传十，十传百，很快在华尔街传播开来。

眼看时机成熟，打蛇打七寸。他按照预先制定的计划，决定引诱卢卡斯·詹森入局，此人是企业界的领头人，一直希望成为银行的大股东，对他来说这是一个好机会，绝对万无一失。

彼得吩咐最得意的交易员史蒂夫购入大量纽约银行的股票，做多"纽约银行"，一旦银行并购，股价便会大涨。不过，如此绝密的消息大家都知道了，银行并购还会如期进行吗？于是，他计划在做多"纽约银行"的同时，使用马特奥的资本反手做空"纽约银行"，等于购买一个双保险。

这是一个完美的计划。

那天晚上，彼得躺在床上睡不着了，感觉夜越来越长，在暗夜中，数着分秒在等天亮。既然兴奋得睡不着，他索性起床，去客厅给自己倒了一杯白兰地，加了些冰块，就这样一杯接着一杯，往嘴里里灌下去。

微醺中，他想着自己的完美计划，越想越兴奋。

第二天一大早，彼得开车径直去了詹森制药集团，敲开卢卡斯·詹森办公室的门，要说动这位大人物参与游戏。

"做多'纽约银行'？你确定？你的胜算有多大？"卢卡斯·詹森带着怀疑的口吻，斜睨着彼得连连追问。

彼得迎着卢卡斯·詹森锐利的目光，为了消除对方的戒备和疑虑，毫不迟疑地反问："你信不过我？我令你失望过吗？"

彼得的心里确实有鬼，只是故作镇静而已。其实，他在做空"纽约银行"股的同时，瞒着马特奥用自己的资金，偷偷摸摸暗中做多这只股票。他之所以力争卢卡斯·詹森加入做多行列，目的是采用"双向策略"来对冲风险，力求万无一失。

卢卡斯·詹森在商场上久经历练，精明过人，战胜过无数强悍的对手，兼并了很多业界的同行。而掌控"纽约银行"的股份成为大股东，是他一直以来的心愿——通过股权分享放贷成果，方便自家企业的资金周转。彼得是圈内人，声名远扬华尔街，与华盛顿有着良好的关系网，之前他们也合作许多回了，尝到过获利的甜头。再说詹森制药的收购兼并业务，也都由"梅森集团"负责完成的。而且詹森家族的"人类干细胞基金"捐款花名册上，彼得的名字赫然在主要捐赠者之列。他并不知道彼得看准他的喜好，挖好了陷阱等着他往里跳，因而放松警惕，竟然爽快地答应说："好，让我们一起做多'纽约银行'！"

"哦，对了，这件事必须守口如瓶，只限于你我知道。"彼得心里乐开了花，一个"无风险获利法"诞生了，简直是天衣无缝。心下暗想：我这一头买进股票，另一头做空股票。不管股价上涨下跌，我用别人的钱"对冲"，亏损全是别人的，赚钱揣进自己的腰包，是一笔稳赚不赔的买卖。

这天在晚饭桌上，彼得越想越得意，竟不由自主地笑了出来。他的太太在一旁，误以为自己妆容有错，便问："我有这么好笑吗？"

"不是你。是我太有才干，做成一笔大生意。"

"能说来听听吗？让我也开心开心。"

彼得便把自己的如意算盘，从头到尾，向太太娓娓道来。临了，他得意地说："老婆，如果并购真的发生了，纽约银行的股票就会暴涨，赚来的钱我和卢卡斯对半分，就让马特奥倒霉去吧，亏损由他承担。假若并购案落空股价大跌，我就和马特奥对半分蛋糕，卢卡斯就得认栽，我只跟他说分享50%的利润，没说过要承担一半亏损。"

"亏你想得出来，你够狡猾的。"

他收起了笑容。这是他被逼迫的选择，不狡猾就完蛋了。可他无论如何也没料到，如此难得的一笔投机生意，居然会坏在史蒂夫的手里，还带出一连串的意外事件。

眼下，他除了要对付史蒂夫，还要预防暗箱操作被泄露，一旦事情泄露出去，他知道会有什么样的后果。马特奥憎恨被别人欺骗。不过，有一件事情他觉得很奇怪，那天马特奥会见的人是谁？马特奥为何也盯着史蒂夫呢？

彼得带着满肚子的狐疑，试图找出答案。

第35章

　　史蒂夫坐在自家的书房内，盯着电脑屏幕上的邮件，那是彼得的记事簿，这一看不打紧，惊得他是手心冒汗，上面的文字深藏玄机：

　　11月15日 上午 小雨

　　今天开始做多纽约银行，等市场活跃起来就做空纽约银行。另外，史蒂夫的行踪已向马特奥汇报了……

　　史蒂夫用手揉搓着眼睛，反复地对比信息，从邮箱的地址、名字，一直到信件的内容，希望自己在做梦。然而他失望了。他确定自己看见的是事实真相，这是一个巨大的阴谋。他坐立不安，在书房里来回踱步，浑身处于极度亢奋的状态。

　　他记得清清楚楚，那天是11月15日早上10点13分，彼得把他叫进总裁办公室，吩咐他"买多纽约银行"股。一个月之后，到了12月15日中午12点10分，彼得又把他召去总裁办公室，吩咐他秘密"卖空纽约银行"股。

　　当时，他彻底地震惊了！

　　彼得和卢卡斯·詹森合作买多纽约银行股，他们一个是华尔街的投机专家，一个是纽约的大企业家，基于他们在行业的影响力，其他投资银行、金融机构和民众也都跟进，纷纷买进"纽约银行"的股票。

"跟着彼得买进，没错的！"

市面上，"纽约银行"的股价越炒越高，价格暴涨了数倍，规模之大远远超出他的预料。公司里、大街上、甚至连商场擦皮鞋的，几乎人人都在谈论"纽约银行"的股票。

他嗅觉灵敏地发现，相对于"纽约银行"，其他银行的股票全处于"价值洼地"，股价一定会跟着"纽约银行"飙升，更具有投资价值。他毫不犹豫投入400万美元，购买了许多其他银行的股票。在这个节骨眼上卖空"纽约银行"，这不是逆势而上吗？

所以，他惊奇地问彼得："我没听错吧？你要卖空'纽约银行'？"

彼得抖掉一寸长的雪茄烟灰，语气坚定，不容置疑："你别管，给我做空就是了。"

他一听，心下暗想：开什么玩笑？做空"纽约银行"，他投资的400万银行股不就打水漂了。于是毫不犹豫，一口拒绝："不。我不同意。现在做空'纽约银行'，公司赚什么钱？不是要赔死了吗？董事会批准了吗？"

现在他恍然大悟了。彼得利用财政部获得的内幕消息，非但暗中联手卢卡斯·詹森做多"纽约银行"，还伪造签名，动用公司两亿美元公款，像他那样做多其他银行的股票。就因为他不服从卖空的指令，彼得采用美人计陷害他，眼看美人计泡汤，又制造车祸加害徐丽丽，以达到控制他的目的。

"Fuck！"史蒂夫恨恨地骂了一句。

眼下他要处理的头等大事，就是撇清自己与内幕交易的关系。过去两个月，他带领交易部门亲自操作，负责做多"纽约银行"，每次交易都超过两百万股，足以成为不法买卖市场的主力资金。如果SEC和联邦检察官追查下来，彼得完全可以把责任推托干净，使他成为替罪羊。

他从抽屉里拿出一个U盘，把彼得的电邮信息全部复制了一遍，不由得联想到去年底，他黑客侵入海伦的电邮信箱，发现她是某国际邪恶组织的成员。那时他已经相当慌张，担心徐丽丽因他受到伤害。

眼下他更是惊恐万分，原来作恶者就在自己身旁，看来他和徐丽丽是被两拨人跟踪。彼得跟踪他和设下美人计，与兼并"纽约银行"有关，马特奥跟踪他是为什么呢？

他再次以同样的方法，黑客侵入马特奥的电邮信箱，果然如他推理的那样，一个更大的阴谋，隐藏更深的秘密浮出水面：马特奥也掌握了量子隐形传送技术，安德烈·法拉利跟踪的目标，真的是徐丽丽和徐黄河。

但没有证据显示，徐子昂和杨芸姗是被法拉利杀害的，唯一可以调查的线索，就是汉瑞·摩尔的搭档埃里克·克拉克，也不知道杰森·摩尔的调查是否顺利。

史蒂夫在震惊之余，掂量着手里的U盘，忧虑重重。他暗自思量着：这次不能蛮干了，出手的时候，一定要一招击中彼得的要害，否则自己的小命都保不住。于是，他又变换了一个电邮地址，在网上发送了两条信息：他把第一条信息寄到各大金融网站，宣布"全美联合银行"兼并"纽约银行"纯属谣言；第二条信息送往SEC（United States Securities and Exchange Commission，美国证监会）官方网站的"公共事务办公室"的电邮信箱里，上面列举了彼得获得内幕信息的途径，他挪用公款，做多、做空"纽约银行"的事实，包括交易股票的时间和金额，并且附上电邮往来的信件作为证据。

做完这一切，他关上电脑，把U盘揣进上衣口袋。他打算在34街的

Penn Station（宾夕法尼亚车站），租一个储物柜存放电脑和U盘。在公共场所存放物品，看似没有银行保险柜安全，但往往更隐蔽，紧急需要的时候存取更方便。

至于采取什么手段战胜马特奥，仅仅依靠他一个人是无法取胜的。他已经想好了，借助丹·科茨的力量，配合他们铲除黑手党。

第36章

在"前时空"，礼拜天早上，詹姆斯像往常那样练完晨跑，一回到家里，便褪去身上湿透的运动衣，露出厚实的胸膛和"巧克力"腹肌，顺手把擦汗的毛巾往背上一搭，正准备去浴室冲澡。

忽然，房门感应器发出"叮咚"的声响。他的手对准房门一挥，墙面上的荧屏亮了，显示外面站着徐丽丽。他愣了一下，眼神有些恍惚，仿佛妻子徐美美等着他。就在他这样稍一迟疑的时候，他的右手竟然像无意识一般对着腕上的智能手表，隔空捏了捏手指，房门自动开了。

徐丽丽低头微笑着，抬头看时，只见詹姆斯诧异地站在那儿，阳光经过层层叠叠树叶的过滤，透过窗帘照射进入客厅，浅浅的光晕洒在他那8块腹肌上，瞬间散发出浑然天成的男性魅力。

徐丽丽不由得暗自惊叹："天啊，太性感了！"

她顿时脸红了，避开了詹姆斯的视线，极不自然地捋了捋头发，故作镇定地走近他。可"大脑"却不允许"身体"继续走向前了。她站着尴尬地红了脸，进也不是，退又不愿意。

"早上好！丽——丽丽。你随便坐，我去去就来。"詹姆斯指着沙发招呼丽丽，然后朝卫生间走去。

徐丽丽犹如石化了一般无法动弹。这一阵子，她经常在实验室碰见詹姆斯，也在徐长江的家里请他聚过餐，不过两人单独相处却是头一回，感觉像掉进蜜罐一样甜蜜。然而"大脑"却理智地提醒她，米到"前时空"不是谈情说爱的，不弄清楚车祸背后的凶手，以后还会遭遇毒手的。所以她按捺住复杂的心情，坐到沙发上，等候着詹姆斯。

不一会儿，詹姆斯穿一条黑色长裤，上配一件耀眼的白衬衫，袖子卷了一半，衣领微微敞开着，手上拿一杯加了柠檬片的"伯爵茶"，走到徐丽丽面前，微笑道："对不起，让你久等。"

徐丽丽接过茶，抬头望着帅气逼人的詹姆斯，说："今晚徐长江准时下班，我想请你吃饭，我们一起去买菜可以吗？我不喜欢和机器人打交道。"

其实徐长江的家里有一台机器人保姆，"她"能识别并模仿人类的声纹，替主人在电脑上语音购物，无人驾驶飞机会送货到家门，相当方便。但是她渴望和詹姆斯在一起，所以挖空心思为自己编造了一个借口。

她也知道这个借口不靠谱，超市里根本就看不见服务员，都是全自动的电脑操作和电脑管理，室内的感测器就像"变色龙"一样，顾客一走进店堂内，便察言观色地讨好他们。她因为享受被詹姆斯宠爱的感觉，也就管不了这么多了。

徐丽丽千回百转的想法，詹姆斯又怎么会知道呢？他凝视着徐丽丽的脸，发现她的面部皮肤看起来，倒像是美美的母亲，似乎变得苍老了。难道她不适应"前时空"的环境？还是美美的克隆体出现了变异？他的目光变得异常柔和，竟答非所问地说："你……还好吧？"

徐丽丽敏感地误以为，詹姆斯又把她当成徐美美，马上拉下脸来。徐长江待她如亲妹妹，她可以接受。但詹姆斯每次看她的眼神，俨然当她是徐美美的替代品，心里极其不自在。难道她只能以徐美美的身份，停留在"前时空"吗？这种状况要维持到什么时候？这样一想，她忍不住扯开嗓子，不管不顾地脱口而出："对不起，詹姆斯，请不要这样看着我。我可不是徐美美，我是徐丽丽。"

詹姆斯的心里"咯噔"一下，听出了徐丽丽的话外音，心中满溢光明，他顿时有了存在感。他内心这异样的情感波动，已经很久没有出现过了，比刚才看见她站在门外还慌张。说明隐藏在克隆体下的"美美"，还是很在乎他的，便得意地辩解道："我说你是美美了吗？美美不会这么说话。走吧，我们去买菜，我有话要跟你说。"

自从徐丽丽前来"前时空"避难，詹姆斯便开始回忆往事，把自己与徐美美相处的每个时刻，一点一滴，一幕一幕在脑海里定格放映，最后全都填满在《我和徐美美》的笔记中。这是一根他和美美的时间线，可以说分秒不差，徐丽丽的车祸真相，可能就隐藏在字里行间。他要把这本笔记送给徐丽丽，或许能挽救她的生命。

这是他能够为她做的。他愿意为她做任何事情。他感觉自己已经爱上她了。

第37章

　　史蒂夫拎着一个笔记本电脑包，走出家门。天上正下着鹅毛大雪，北风呼呼地吹着，气候异常寒冷。上班的高峰时间已经过了，街上冷冷清清没几个人。

　　他迎着刺骨的寒风和飘落的雪花，疾步向百老汇大街走去，到了街口的时候，一辆黄色计程车从他身边疾驰而过。他一声响亮的口哨，计程车一个急刹车，停在他的左前方。他快步上前两步，拉开车门坐进车里，关上车门。

　　史蒂夫乘坐的计程车刚开走，停在街口的一辆黑色奔驰，立刻启动，在其后不紧不慢地保持着距离，盯上了他。奔驰车内，彼得雇来的两个私家侦探，坐在驾驶座和副驾座上，他们一高一矮，看上去精明能干。彼得的秘书贝尔·罗斯头戴一顶鸭舌帽，坐在后座，俨然一副指挥者的架势。

　　眼见前面的计程车加快速度，在高速公路的车流中左突右窜，一路疾驰想甩掉他们，便连忙吩咐两个侦探："你们盯紧点，别再给我跟丢了。"说罢，掏出手机，向彼得通报情况。

　　电话那头，彼得给贝尔·罗斯下达了指令："你听好了，马特奥也在寻找史蒂夫，你们尽快找到徐丽丽，准备好劫持她的方案。"

"知道了。我找到他们，马上联络你。"贝尔·罗斯收起手机，注视着前方，发现那辆计程车似乎想甩开他们，急忙发号施令道："快，快，快给我跟上。"

副驾上的高个子侦探不耐烦了，回头恶狠狠地顶了一句："你他妈的乱吼什么？前面那辆计程车，横冲直撞不怕吃罚单，一定是FBI的人。我们继续跟踪吗？"

罗斯听了一怔。不过一瞬间的工夫，他毫不犹豫地说道："拿出你们的看家本领，给我继续跟踪。"

他不得不佩服这两个侦探，只看了一眼那辆计程车的飙车架势，便能断定是FBI的人在驾驶。那是彼得花费大价钱雇来的人，早上因为他们跟丢了史蒂夫，他被彼得大骂一顿，威胁扣他的年终奖。这年头如果没有年终奖金，日子要怎么过？

他豁出去了，无论如何要找到徐丽丽，保住自己一年的劳动成果。

第38章

时间"嘀嗒、嘀嗒"悄然而逝，犹如指缝里的沙子，越是想牢牢地攥在手心里，它就越有可能从指缝间溜走。这一晃，徐丽丽来到"前时空"已经34天，回家的希望好像越来越渺茫，她无法见到史蒂夫，从前充实的生活也离她越来越远。

在过去的34天里，她强烈地感觉到，现在无论是自己的意识，还是身体的构造，她完全是一个矛盾体。

就她目前的境遇来说，作为徐丽丽的意识存在，她如果希望能尽快回到史蒂夫的身边，见到她哥哥徐黄河，从此过上正常的生活，也就意味着，她的本体已经恢复健康，一切都回到了原来的样子。

然而作为徐美美的克隆体，她反倒希望永远留在"前时空"，因为身体很诚实。她总是渴望靠近詹姆斯，控制不住地想和他在一起。但是一直想留在"前时空"则意味着，她的本体状况非常糟糕，兴许即将死去，兴许长期变成植物人，那就再也见不到史蒂夫和哥哥了。而一旦回去的话，她的克隆体徐美美就必死无疑。

每当她理性地思考这些烦恼时，内心便倍受煎熬，瞬间会变得焦躁不安，却又无计可施。她闷闷不乐，从客厅的这一头，走到另一头。

突然，房门感应器"叮咚"一声，徐丽丽的右手对准房门一挥，墙面上的荧屏亮了，门外站着詹姆斯。他坐着无人驾驶飞车，来到徐长江的家找她来了。

徐丽丽看见詹姆斯，大脑意识还尚未做出反应，右手却早已对着腕上的智能手表，隔空捏一捏手指，房门自动开了。

这大冬天的，詹姆斯穿一件绛红色夹克，薄薄的很合身，看着英气逼人。他看着徐丽丽，霸气十足地说道："我听长江说，你今天不用去实验室。走，我们出去走走。"

徐丽丽来到"前时空"的这些日子，几乎每天去一趟实验室，配合徐长江做试验，检测身体状况，让他们采集各种各样的数据……争取延长停留在"前时空"的时间。她感觉自己就像是医学试验的小白鼠，毫无人的尊严，心情糟透了。詹姆斯的建议正合她的心意。他话音刚落，她马上掉头，准备去穿外衣。

詹姆斯递上一个包装盒，微笑地说道："喏，这是你的外套，穿上试试看。"刚才出门的时候，他见外面下着大雪，担心她受凉感冒，所以买了一件特殊材料制成的夹克，能随着气温自动调节温度。

徐丽丽接过礼物盒，好奇地看了一下包装精美的礼物，便动手拆开粉色缎带，仔细拉开粉色的包装纸，才拉到一半就感受到了惊喜——一件绛红色夹克，款式恰似詹姆斯身上穿的，怎么看都像是情侣装。她的理智没有作出反应，"心中"却禁不住异常欢喜，忍不住抿嘴笑道："谢谢你，我很喜欢。"

詹姆斯听了，反倒不好意思了，扭头说了一句："没什么。我们走吧。"

他们穿着情侣装，坐上飞车，朝着曼哈顿的方向开去。5分钟后，他们来到洛克菲勒中心，走进一家餐厅。徐丽丽坐下后，环顾四周，只见一桌桌的客人们，一边享受美食，一边抬头，好似观赏着什么，还不时地低声细语。她抬起明亮的双眸，疑惑地望着詹姆斯。

"我们先点菜，我一会儿再告诉你。你想吃什么？"詹姆斯低声问徐丽丽。

"菜单还没有送来呢。"徐丽丽一边说，一边下意识地四处打量，寻找侍应生。

詹姆斯微笑道："你别找了，没人会给你送菜单的，菜品全在上面。"说着，他递给徐丽丽一个小方盒，那是一副隐形眼镜，示意她戴上。然后对准智能手表，隔空捏了捏手指，餐桌前立刻出现一方小荧屏，他点开网页上的图片。

徐丽丽顿时感到眼前一亮，仿佛置身于大超市，菜架子上摆满了各种食材：胡萝卜、菠菜、杏鲍菇、豆芽、茄子、番茄、西蓝花、菠萝、木瓜、西瓜、苹果等五彩缤纷的果蔬；面包、酒类、点心琳琅满目；水族馆般大的鱼缸中各色鱼、龙虾、螃蟹眼花缭乱畅游其间，鸡鸭肉蛋应有尽有。

她纳闷了，好奇地问道："哇，菜品这么多啊。可是没有菜谱，我怎么点菜呀？"

"你只选喜欢的就行，随你蒸、煮、爆、炒，在这里轻轻点一下，等一会儿菜就上来了。"詹姆斯做了示范。他点了凯撒沙拉，主菜煎牛排六分熟，配红酒。

徐丽丽惊奇地又问："这是全自动餐厅？像咖啡馆一样，没有侍应生吗？"

詹姆斯点头微笑说："嗯。客人选好了菜，机器人在厨房配菜，放入机器中自动加工。"

徐丽丽不再发问，新鲜感和好奇充满整个脑海。她也选了凯撒沙拉和煎牛排，暂且忘却了心事，安心地等着菜品上桌。也就一根烟的工夫，她的耳边响起"What a Wonderful World"的歌曲，酒菜顺着桌旁的传送带，无声地送到桌旁。

就在詹姆斯把菜端上餐桌的一瞬间，徐丽丽感到自己慢慢地沉入海底，来到了"海底龙宫"。她瞪大眼睛，一时竟看呆了：

只见万米深渊的海底被鱼"灯"虾"火"照得通明，烛光鱼犹如一排排蜡烛，闪闪发光；蝴蝶鱼成双成对变换着体色，穿梭于五光十色的珊瑚礁中游弋戏耍，形影不离。一群"魔鬼鱼"一边游，一边吞食着小鱼小虾，翻车鱼、石斑鱼、鳗鱼、鲸鲨……悠闲地畅游。

突然，一条大鲨鱼慢慢地游来，巨大的身上覆盖了几个大字："生日快乐，徐丽丽！"

徐丽丽嘴巴微张，又惊又喜。她两手下意识地朝空中一挡，人往后一仰，惊叫道："詹姆斯，救命啊！"

詹姆斯哈哈大笑起来，连声安慰她："别怕，这是Holography（全息投影）。"说时，一个菠萝蛋糕送到他们面前，上面插着生日蜡烛。

徐丽丽望着詹姆斯，感激地说道："谢谢你！我忘了，今天是我生日。"

詹姆斯笑了笑，看着徐丽丽默不作声。

他很满意自己的安排，切了块牛肉送进嘴里，慢悠悠地咀嚼咽下，然后说："吃了饭，我们去Long Island Jones beach（长岛琼斯海滩），我陪你去看日落。"

徐丽丽听了，一股暖意涌上心头，不好意思地满脸绯红，突然冷不丁斜睨着詹姆斯，盯着他问道："美美过生日，你也这样吗？"她就是想确认一下，在詹姆斯的心里，徐美美究竟有多重要？

詹姆斯收住笑容，放下刀叉，拿起餐巾擦了擦嘴角，看着徐丽丽正色地说道："当然没有。"

他是个工作狂。过去美美过生日的时候，他只会提前买好生日礼物。像这样陪着徐丽丽逛街、吃饭、看日落，他从来没有做过。今天为徐丽丽所做的这一切，他也说不清是因为喜欢她，还是为了补偿对美美的歉疚，抑或这两种感觉同时都有。

詹姆斯这样想着的时候，随意地朝边上一瞥，目光正和斜对面的男人对住。他觉得很奇怪，那人脸上带着敌意，盯着自己足有五六秒。他没有露出丝毫怯意，也直视着对方，直到那个人掉转头，这才收回目光。他迅速打开记忆大门，在脑海里搜索线索：那个人是戴维·瓦拉赫吗？不，不是。哦，对了，他曾是戴维·瓦拉赫的秘书多利·罗斯。

詹姆斯立刻警觉起来。他和徐丽丽看似说笑闲聊，暗地里，却不动声色地抬腕，用智能手表对准那个人的脸，Google之后发现，此人就是多利·罗斯。到底相隔了28年，多利·罗斯已经满脸横肉，几乎认不出曾经的样子了，他现在的身份是"梅森投资集团"总裁。

詹姆斯想起来了。28年前，也就是2019年1月13日上午10点，他从家里出来，在去往宾州车站的计程车上，被一辆奔驰车跟踪。其实计程车司机是FBI派来保护他的替身，一直守在他的家门口附近，发现坐在奔驰车里的多利·罗斯，他们一伙人举动异常、探头探脑地，不停地盯着6楼的一扇窗，那正是他家的窗户。因此，那个FBI探员赶在第一时间，趁着多利·罗斯尚未得手，提前接走了他。

奇怪的是，他们分明甩掉了奔驰车，但是他在宾州车站存放好电脑和U盘，然后去实验室看望了美美，当他走出"烙铁大厦"的时候，又看见多利·罗斯鬼鬼祟祟，蹲守在门口盯上了他。当然，他有FBI的探员保护，多利·罗斯没有成功。

难道多利·罗斯又找到他，开始盯梢了吗？还是因为徐丽丽来到

"前时空"？詹姆斯眉头紧蹙，不由得在心里打了几个问号。

詹姆斯一脸警觉的表情，徐丽丽察觉到了。她放下刀叉，极其不安地问道："詹姆斯，出什么事了吗？"

詹姆斯立刻微笑道："没事，你慢慢吃。"他已经盘算好了。如果多利·罗斯率先离开餐馆，他就可以反跟踪了。如若不然，他只能等回到家里，再着手调查他被跟踪的真相。当年，他曾经怨恨父亲没有保护好母亲，他因此过早失去了母爱。结果他自己呢，也没有保护好妻子美美，害她丢了性命。

这么多年熬过来了，他深深地体会到，当自己无法保护心爱之人的时候，心里是多么绝望，但只要心里依然爱着那个人，生活便有新的期望。现在守护好徐丽丽，让她没有恐惧，快乐地生活，便是他新的期望。爱上她的那份心意，藏在心里就足够了。

詹姆斯万万没有料到，多利·罗斯跟踪他和徐丽丽，是要确认一件事情。28年前，徐美美就已经死了。最近多利·罗斯从另一个时空获得情报，徐美美疑似又复活了，若非亲眼目睹，他是不会相信的。

因为28年前，媒体报道徐美美的"意外"事件，是多利·罗斯的上司戴维·瓦拉赫亲自导演的。"意外"发生的当晚，戴维·瓦拉赫命令多利·罗斯雇用两名私家侦探，混杂在"梅森投资集团"的跨年晚会上，海伦故意纠缠住詹姆斯，当大家看着电视屏幕，与纽约时代广场一起倒计新年来临："8、7、6、5……"两名私家侦探盯上徐美美，趁她匆忙下楼梯的时候，一个侦探打掩护，另一个侦探用力推了她一把，"意外"发生了。徐美美的身体向下翻滚下去，摔断脖子被送进医院，医治无效而死亡。

其实戴维·瓦拉赫并不想弄死徐美美，那是因为詹姆斯知道的秘密太多，又不听从戴维·瓦拉赫的指令做空"纽约银行"，操纵华尔街股市赚大钱。所以不得不给詹姆斯一点颜色瞧瞧。徐美美的意外死亡，是他们在执行任务的时候，考虑不周出现的失误而已。

事实上，多利·罗斯真正效劳的上司，是洛伦佐·鲁索——黑手党教父。多利·罗斯听从教父的安排，被安插在戴维·瓦拉赫的身边，负责监督投资基金的运营情况，保证募集多重时空的研究资金。

原本戴维·马拉赫导演的意外事件，与洛伦佐·鲁索的周密计划并不矛盾，盯住徐美美等同于拴住詹姆斯。因为洛伦佐·鲁索的生意需要，他需要把"黑钱""漂白"，而徐美美的父亲徐致远，正可以满足教父的需要。

徐致远是数学模型专家，公开的身份是航天局工程师，但他的真实身份连他的太太和儿子都不知道。其实他是加密货币虚拟金币的创始人，设计编写的一组指令——指示计算机以任意大小的信息串形式，对任何输入执行一系列的数学步骤，形成加密的单向压缩函数，而在数学运算的步骤，以及用作运算对象的值，却不能反过来查找输入。由此诞生了一种加密货币——虚拟金币。

而黑手党的秘密组织，就需要这样的金融基础设施——加密货币的存在，它既不受制于华尔街的控制，也不受全球任何其他银行机构的监视，加密货币的特性还能逃脱政府的法律制裁，对于洛伦佐·鲁索来说，虚拟金币简直是完美的存在，一种最隐蔽的洗钱工具，为研究宇宙多重时空提供资金支持。

其实洛伦佐·鲁索早就盯上詹姆斯了。他既要虚拟金币"洗白"资金，也需要徐美美父母的科研成果，詹姆斯正好处于两种利害关系之间。人都有弱点。徐致远的弱点是太太和儿子，詹姆斯的软肋就是徐美美，只要抓住他们的弱点，洛伦佐的目的也就达到了。

不过徐美美的意外死亡，使事情朝着不可预知的方向发展，令双方都不好过，其对黑手党组织造成的伤害，至今都无法弥补。

多利·罗斯自忖，现在能为组织尽职的事情，就是弥补过去的失误。无论这个任务有多艰巨，难度多大，都要竭尽所能去完成。

就在詹姆斯为徐丽丽庆生的时候，徐长江在实验室忙碌着，因为她的克隆体日渐衰老，徐美美储存在血库银行的血液，毕竟是有限的。而且她的本体能够支撑到哪一天，他们也实在是没有把握，必须尽快与徐黄河共同研究一个方案，解决这个棘手的问题。

于是，吉姆使用大型智能检测程序，不断向卫星发出一波又一波的脉冲，期许"11维度"连接其它时空的层膜，像涟漪一样产生震动。不久，吉姆看到了涟漪效应，便连忙对徐黄河说："徐，我们和徐黄河联络上了。"

徐黄河首先说出了他的忧虑："长江，我通过丽丽的戒指，收到了所有的信息。目前，她的本体情况还算稳定，不过克隆体的衰老速度，比预期的时间要快。你有解决的具体方案吗？"

"这个问题，与细胞衰老和端粒有关，吉姆是专家，我让他来谈谈看法。"徐长江把吉姆让到荧屏前。

吉姆立刻解释说："黄河，我们通过对丽丽的体能测试，发现她的二倍体细胞，出现了有限的增值能力，这一限度与端粒有关。你是知道的，端粒位于线性DNA末端，重复着DNA序列。端粒过短就会抑制细胞分裂，导致克隆体过早衰老的现象。"

徐黄河焦急地问道："那么端粒过短的问题，现在有什么办法克服吗？"

吉姆没有回答。因为他研究的DNA修改技术，已经在他自己身上进行了试验。去年底，徐长江也加入了试验，可以看见的效果很明显。他和徐长江从外观看上去，比同龄人要年轻20岁左右。等DNA修改技术进一步提高之后，今后"前时空"的人类寿命，能达到平均120岁，60岁的人看起来就只有40岁，比实际年龄总要年轻20岁的样子。

想到此，吉姆瞥了一眼徐长江，看见了鼓励的眼神，便大胆地建议道："当下最有效的方法，还是采用美美的血样复制克隆体，早点解决她端粒过短的问题。"

徐长江接过吉姆的话头，也不想安慰他，只能说："黄河，现在看来只能这样了，等端粒过短的问题解决了，我第一时间告诉你。"

开始是成功的一半，他会找到解决办法的。

这天下午两点时分，纽约检察官兰斯·夏普在自家车库前，陪着儿子打篮球。父子俩玩得正在兴头上，他太太隔着窗户叫道："兰斯，电话。"

"哦，是谁啊？"

"林健。"

"儿子，对不起，你自己玩吧。"兰斯说着，把球扔给儿子。他也不管孩子撒娇抱怨，径直走进客厅，拿起电话听筒。

电话那头，林健急切地说道："兰斯，我刚收到一个U盘，证监会的霍恩送来的证据，彼得涉嫌内线交易，涉嫌挪用公款'做空'纽约银行。我们再不立案，SEC就要立案了，你说怎么办？"

"办公室除了你，还有谁呀？"

"今天是礼拜天，办公室没有其他人。"

兰斯果断地吩咐林健："好吧。你打电话通知所有人，让他们去办公室集合，我马上就到。"

兰斯挂断电话，在客厅吻别太太和孩子，走进车库开启卷帘门，像往常那样打开车门，坐上福特车。随着马达的轰鸣声，他驾车迅速驶上高速公路。

兰斯带领部下经过几个月的侦察，已搜集到足够的证据，可以起诉"梅森投资集团"，而且整起股票操纵事件，马特奥·鲁索的黑手党集团也牵扯在内。他更吃惊的是，鼎鼎大名的詹森制药卢卡斯·詹森，居然也参与了这次股票操纵。

他作为地方检察官，是案件进入刑事审判程序的守门人，具有筛漏的功能。而刑事审判程序的源头是侦察工作，侦察的结果将影响审判的正确性，检察官对此也有重大的责任权力，几乎掌控起诉谁，哪些案件需要提交法院审理的生杀大权。既使面对大陪审团，他也有办法追求自己的目标。前纽约州首席法官瓦切勒曾说过一句名言：检察官可以说服大陪审团"指控一个火腿三明治"。

若说他对司法的管理比法官更有权力，那也是不为过的。而且，这种趋势仍在发展中。在一些具有重要历史意义的案件中，法院甚至迫使检察官提出起诉，但最终都遭到了检察官的拒绝，在刑事诉讼案件中，检察官具有绝对的控制权。

当然，作为检察官他的权力是很大，因此也引起了人们的质疑：毕竟检察官也是人，不是在真空中工作，拥有自己的社会关系、政治倾向，爱憎情绪和自身的利益，是否会对裁量结论产生影响？

而他的有些同伴在办案过程中，也确实频繁发生起诉不当的问题，像是拖延提出起诉，采取选择性或报复性起诉，或掩盖证据甚至使用伪证，想方设法对当事人进行不适当的引导等，充分证明了裁量权不受节制的弊病。

兰斯自忖，身正不怕影子斜。他不否认自己立案起诉的倾向性。他痛恨企业犯罪，尤其不能容忍黑手党犯罪集团，借用企业的身份生存下来，然后扩大成长为危害社会的公害。

不过，兰斯决定暂时放过詹森制药，首选立案起诉鲁索犯罪家族，以及"梅森投资集团"。当然，在决定立案起诉这两大企业的时候，还有许多繁复的工作需要安排下去。

然而，如果兰斯能够预知未来，大概会抛开SEC抢他的功劳，为此拖延了提出起诉的时间，没有把股票操纵事件扼杀在摇篮里。原本他是有这个机会的，却偏偏给错过了。

在过去的几天里，华尔街弥漫着浓郁的利空言论，人们纷纷奔走相告：兼并"纽约银行"纯属谣言，银行股票泡沫太大，央行就要开始紧缩银根了。网络上利空的传言也铺天盖地，而银行并购犹如等待的"另一只靴子"，迟迟尚未落下。利空的传闻，导致市场的反响急转直下，"纽约银行"和其它各银行的股价一泻千里，引发股市崩溃、汇率贬值，恐慌的人群拼命涌向银行，出现了混乱的银行挤兑潮。

股市混乱的那几天，彼得关掉手机，带着他的太太正在日本休假。他们下榻在静冈县的伊豆半岛，他们漫步于古老的修缮寺，还去了西伊豆温泉。彼得一边泡汤，一边享受富士山的美景，以为整个市场会按照他编写的剧本走向，直到赢得最后的胜利。

彼得高估了自己的能力，他无论如何没有料到，华尔街发生了戏剧性的巨变，一场金融大动荡不可避免地发生了，令他始料不及。

第39章

华尔街股市崩盘了！

得知股市发生大震荡的时候，彼得·瓦拉赫刚好在宾馆用完餐，坐在酒店的吧台上，陪着太太悠闲地喝酒聊天。不经意间，他瞥了一眼吧台左上角的电视荧屏，看见CNBC（Consumer News and Business Channel，消费者新闻与商业频道）的爆炸新闻：华尔街又一个"黑色星期二"，股市遭遇大崩盘……

这一消息好似一颗重磅炸弹，彼得听了脸色大变，也顾不上太太的反应了，急忙从凳子上跳起来，三步并作两步冲进电梯，返回客房。

他拿起床头柜上的手机，发现10分钟内，贝尔·罗斯发给他的留言有几十条之多。他倒还算镇定。在华尔街拼搏了30多年，金融大震荡经历过不下数十次，他非但摆脱了危机，还趁机抄底大赚特赚。这次说不定又是一次机会呢？

然而贝尔·罗斯的最后一通留言，着实让他吃惊不小："黑客侵入了你的电脑。"

钱没了他可以再赚，电脑里隐藏的秘密一旦被公开，绝对会惹来牢狱之灾。不过他暗自庆幸。几天前，他已经把邮箱里的文件，逐一清理过一遍了，问题应该不大。但他转而又一想，万一黑客在电脑里发现什么蛛丝马迹，那可就坏大事了。时间紧迫，他得赶在文件泄密之前，准备好应对措施。

他坐不住了，马上打开衣柜，把衣物归纳到行李箱内。他太太赶到客房，见此情景知道情况不妙。她马上走到卫生间，一边整理物品，一边问丈夫："我们现在去机场，能买到机票吗？"

彼得强作镇静，却忍不住提高了声音："我不管，他妈的，买不到机票也要走。"

他们匆忙赶往机场，售票处只有一人在值班，他见彼得一副猴急的样子，连忙谨慎得用英语问道："先生，我能为您做些什么？"

"是的。两张飞往纽约的机票，最好马上就走。"彼得明知没什么希望，仍然心存侥幸。

"对不起，先生。今晚没有飞往纽约的飞机，明天早上有一班。请问您需要吗？"

"不行。我今晚一定要飞回美国，随便哪个航班都行。"

"对不起，先生——"

"对不起？我不需要你说对不起，立刻给我两张到纽约飞机票。"

"对不起，先生，飞往纽约的末班飞机，已经飞走了，你可以去东京试试看。"

"他妈的，"彼得骂了一声，无奈地叹了口气说："算了，给我明天的机票，越早越好。"

彼得抵达纽约的时候，天上大雪纷飞。街上洁白无瑕的积雪，经过路人的踩踏，地上黑漆漆的，已然一片残雪泥泞。他庆幸飞机没有误点，出得机场，匆匆地和太太吻别，坐上出租车直奔办公室。

第40章

　　马特奥·鲁索坐在书房里，阅读着加来道雄的《平行时空》一书，等待贝尔·罗斯的到来。罗斯是他安插在"梅森投资集团"的"眼睛"和"耳朵"，彼得的一举一动，自然逃不过他的监视。

　　昨晚上，他获知一个坏消息。那个在"前时空"和彼得瓦·拉赫相对应的人——戴维·瓦拉赫，28年前因为涉嫌操纵股市、内幕交易和挪用公款，严重扰乱了全球金融市场。戴维在当年的2月1日被联邦检察官起诉，最终判刑50年，关在了北卡罗莱纳州的巴特联邦监狱。

　　而"前时空"发生的事情，也会重复出现在他所生活的时空。也就是说，28年前发生在"前时空"的股市操纵事件，对应到现如今，就是当下的股市风波。眼下的市场走向，并未像彼得·瓦拉赫承诺的那样，使他获得利益最大化。他需要证据证明，彼得·瓦拉赫在耍鬼把戏、玩心眼，获得他自己的利益最大化。

　　今天已经是1月30日，留给他做决策的时间不多了，每一个决策都将承担后果，正面的或反面的。他这次所做的决策，关乎集团未来的发展方向和盛衰成败。因此贝尔·罗斯带来的信息，对于他即将做出的决策，就显得相当重要了。当然他还要从亨利·加德纳那里，得到相应的印证，做出最后的决定。

"教父，贝尔来了，您可以见他了吗？"书房外，弗朗西斯敲着门问道。

"进来吧。"

弗朗西斯推开书房门，让贝尔·罗斯进了屋，在门口站了约3秒，便识趣地走出书房。他不停地抬腕看表，在长廊上徘徊，然后不耐烦地掏出手机，按下一个电话号码，轻声问道："亨利，教父就等你了，他可不喜欢迟到。"

"我已经到了，对不起，路上堵车。"亨利·加德纳眉头紧锁，收起手机，匆匆来到书房的长廊，见了弗兰西斯，再次抱歉道："对不起，耽误了教父的时间。"

"行了，你快进去吧。"弗朗西斯说着，推开书房的门，向马特奥通报说："教父，亨利来了。"然后示意亨利·加德纳进书房。他自己则退出房间，关上房门。

亨利·加德纳踏进书房后，两眼一扫，见房间里除了马特奥，还有一个他从未见过的人。他径直走向马特奥，省略了寒暄直奔主题："教父，我有要事相告。"

马特奥也不为他们互相作介绍，只是急切地问："亨利，你有什么新信息？那个'前时空'对应我的人，你找到了吗？"

亨利·加德纳迟疑了一下，点点头。

"嗯……你不用避讳，你们把手机关了，我有重要的事情商量。"马特奥示意亨利坐下，见他们关了手机，便问道："亨利，你告诉我，那个对应我的人，在'前时空'干什么？"

亨利·加德纳看着马特奥，欲言又止，但面对直视他的一双犀利的眼睛，鼓足勇气地说道："教父，恕我直言，'前时空'那个对应你的人，名字叫洛伦佐·鲁索，他涉嫌杀人、股票内幕交易和妨碍司法公正，被联邦检察官起诉，审判结果判为无期徒刑，关在北卡罗莱纳州的巴特联邦监狱。"

马特奥听了一怔，表情略显尴尬。他摸了摸自己的鼻头，皮笑肉不笑地说道："我们和'前时空'相差28年，是吧？你昨天告诉我，戴维·瓦拉赫被判监禁50年，今天洛伦兹·鲁索又被判无期徒刑。这到底是怎么回事？"

亨利·加德纳立刻解释说："教父，根据'前时空'传来的信息，事情坏在了一个人的手里。他的名字叫詹姆斯·李，'梅森集团'的首席交易员、戴维·瓦拉赫的得意助手。28年前，此人黑客了洛伦佐和戴维的电脑，窃取了他们的机密资料。对应到当下的时空，此人就是史蒂夫·李、彼得·瓦拉赫的得意助手，他是一连串事件的告密者。"

马特奥听了，脸色相当难看。他看着贝尔·罗斯说："罗斯，这和你刚才报告的情况，惊人的一致啊！这样看来，彼得并没有背叛我，是史蒂夫这个狗崽子在捣鬼。"

罗斯站在一旁，着急地问了一句："教父，我们怎么办？"

马特奥暗自思量着：如果不采取行动，我的下场会像"前时空"的洛伦佐一样，在监狱中度过余生。他自忖，玩命拼搏了30多年，踏着众多同仁的鲜血，终于实现他父亲的遗愿，坐上了集团的第一把交椅，要是就这么倒下去，岂不是太冤枉了？

想到此，马特奥的两眼放出凶光，听见罗斯的发问，恶狠狠地说道："我要绑架詹姆斯，逼他交出我们的绝密资料，整理出一条时间线。"

"谁的时间线？你的时间线吗？"亨利急切地问道。

马特奥的目光盯着亨利，狡黠地笑道："不，我需要'前时空'股市操纵的时间线。这根时间线，只有詹姆斯知道得清清楚楚，他记得在哪一个时间节点上，发生了什么事情。"

"等等。按'前时空'的时间来计算，这都过去28年了，詹姆斯能记得吗？"亨利·加德纳不相信地问道。

马特奥看着亨利·加纳德，诡秘地笑道："哦，你还不知道。罗斯是我安插在彼得身边的眼线，史蒂夫拥有超记忆能力。他记得自己经手的每一笔交易，任何一天屏幕上滚动的电子报价表，包括在道指、纳指所有上市公司的代码……'前时空'的詹姆斯当然也记得了。这一点，罗斯知道得很清楚。"

亨利·加德纳吃惊地问道："他是患上超忆症了吧？"他知道，超忆症是一种极为罕见的医学异象，病患的大脑拥有自动记忆系统，能丝毫不落地记住所有经历的事情，对数字和时间尤其敏感，美国只有两个人拥有此能力。

马特奥听了亨利·加德纳这样问，用不屑的语气说道："我管它什么症状。我要改变我的命运，我不能等死。"

"干脆，我带人去干掉史蒂夫，一切全都解决了。"罗斯在一旁听得不耐烦了，上前一步请示马特奥。

"等等，这可不行。"亨利·加德纳急得跳了起来。他不安地来回走动着，然后放慢语速，一字一句地解释说："杀了史蒂夫，时间线就完全颠倒了。你们想，我们和'前时空'同时运转着。现在'前时空'的詹姆斯还活着，怎么能干掉史蒂夫呢？教父，如果我们一意孤行，你、我和集团的命运，甚至……天知道会变成什么样。"

马特奥瞪大了眼睛，露出凶恶的目光，就像饿狼吃人一般。他没料到这次的决策，非但关乎集团的未来发展，还直接影响到他个人的安危。想他为了集团的利益，过去30多年来，做出了那么多重要的部署，使企业慢慢地走上正途。当然，为此他牺牲了一些好兄弟，做掉了几个牵扯进来的人，付出了相应的代价。可是说到底，他违反不平等的法律条约，赚钱来发展科技事业，还不是为了全人类的福祉吗？他妈的，法律算个屁呀？他父亲就是被狗屁法律害惨的，死在监狱。法律，是1%的所谓精英制定，并且为他们服务的。想为自己谋得权益，就必须爬到精英阶层亲自制定一部符合他的利益的法律。他也就不需要花大钱，去买通参议员、警察和法官，频频违背狗屁法律了。他不相信，他即将跌倒在这场股灾里。他也不甘心被权贵捉弄。幸好，他及时发现了"前时空"，可以改变自己的命运，甚至改变全世界。

想到此，马特奥吩咐贝尔·罗斯："你迅速启动我们的'沉默力量'。那些平日里吃我的、喝我的、用我的家伙们，统统给我调动起来。你听明白了吗？"

贝尔·罗斯立刻回答："明白。"

马特奥掉头对亨利·加德纳说："我不能栽在阴沟里。他妈的，最后谁能赢得战争，还是未知数呢。你赶快联络乔治·加德纳，那个'前时空'和你对应的人，让他给我绑架詹姆斯，马上行动。"

乔治·加德纳是"前时空"对应亨利·加德纳的人。当他从乔治·加德纳那里获知，詹姆斯·李是告密者的时候，便联络乔治暗中派多利·罗斯，查找和跟踪詹姆斯的行踪，希望做好两手应对措施，对组织只有好处没坏处。

他庆幸自己有远见。

现在，他听了马特奥的吩咐，马上汇报说："教父，您放心，我已经安排妥当，会有一个满意的结果。"

他们正密谈得兴起。马特奥刚想交代怎么处理彼得，书房的门突然被重重地推开，二十来个人硬闯进来，其中包括了十几名警察。弗朗西斯一边阻挡着他们，一边歇斯底里地叫道："喂，他妈的，董事长在开会，你们不能进去……喂——"

马特奥朝门口看过去，只见来势汹汹的一群人，他们西装革履神情严肃，手里拿着大纸箱。他的一帮弟兄堵在门口，不让他们进来。他看这阵势，硬顶是不行的，便朝手下的弟兄冷笑道："哼，你们干什么？都给我滚一边去。他们能把我怎么样？"

马特奥话音刚落，弟兄们迅速让出一条道，让办案人员走进书房。

林健第一个走进书房，两眼直视马特奥，声音洪亮地宣布："我们是纽约地检处的办案员。马特奥·鲁索，你涉嫌内幕交易、敲诈勒索，现在逮捕你。你有权保持沉默。如果你开口说话，那么你所说的每一句话，都将作为承堂证供。你有权请律师……"

林健念着米兰达警告，脑海里呈现的，却是那天下午，他与兰斯对话的情形。当时，他做了两个小时的案前准备，叫了中餐外卖，坐在办公桌上吃着。

兰斯走到他身旁，用手抓起一个水饺就往嘴里送，一边嚼着，一边问道："林，我们以什么罪名起诉他？马特奥·鲁索。"

他夹起一颗水饺，蘸了一点醋笑道："这不明摆着嘛，就以内幕交易起诉马特奥·鲁索，我们搜集的证据确凿。"

在纽约司法管辖区内，"内幕交易"不仅限于涉及非法内幕交易的公司高管和主要股东，任何利用重大非公开信息交易股份的个人，也包含在其中。如果公司内部人员向"朋友"透露了，关于对公司股价产生影响的非公开信息，"朋友"依据这些信息进行股票交易，便违背了对公司的责任，是板上钉钉的内幕交易。

但兰斯听完他的话，摇了摇头表示反对："不行。内幕交易走程序时间太长，你想办法给加他一项罪名。嗯，再加一项敲诈勒索罪，得迅

197

速拿掉这个社会毒瘤。"

他有些不解了。他也是在跟踪调查彼得·马拉赫的时候，发现这起股票操纵案与马特奥·鲁索犯罪家族有关联。他们一个做多纽约银行，一个做空纽约银行，涉及的股份多达50%，其中詹森制药的控股权高达30%。兰斯死咬着马特奥·鲁索不放，却放过了詹森制药，这让他有些不能理解，便问道："敲诈勒索罪？指控马特奥·鲁索？"

兰斯拿起外卖盒子，里头剩下的饺子不多了，他一个个地往嘴里送着饺子，直到盒子里空空如也。他把外卖盒子朝桌上一扔，诡异地笑道："我坦白告诉你，年轻人。当你历经20年的检察生涯，你会有一个非要起诉的案子，发疯般地想要起诉成功。我平生最想办的案子，就是起诉鲁索犯罪家族，尽早挖掉这颗社会毒瘤。"

"难不成你想采用——"

他还尚未说完，兰斯便接着说："对，打击长期犯罪组织的最有力工具，就是RICO法案（Racketeer Influenced and Corrupt Organizations Act）。鲁索家族长期以来利用法律漏洞，在各种腐败势力的掩护下，假借企业的外壳改头换面，犯下了滔天大罪。可惜全都因为证据不足，无法起诉他。这次正好一石二鸟，既能干掉彼得·瓦拉赫，又能捣毁马特奥·鲁索。他们之间的生意往来，绝不是你想象的那么简单。你也看到了，匿名寄来的闪存盘里，罗列了他们这么多犯罪事实，杀人灭口，一一调查寻找证据太费时间。我们先用敲诈勒索定他的罪，速战速决，免得与他的律师纠缠不清。"

他陷入了沉思。

兰斯以为他没有理会其中的奥秘，一屁股坐到办公桌上，拿起他整理的文案，一边翻看，一边说："林，你知道吗？赢得游戏的秘诀，是考验等待机会的耐心。我们只要证明10年内，马特奥敲诈勒索过他人两次，就可以指控他犯有敲诈勒索罪，每敲诈一次被判20年监禁，敲诈两次就是40年监禁，并剥夺全部敲诈勒索获得的收益。"

他当然知道这些情况。当检察官决定根据RICO法案起诉鲁索犯罪家族，甚至可以寻求预审限制令或禁令，暂时扣押他的资产，防止转移可能被盗的财产，并要求马特奥提交履约保证金。因为与黑手党有关的空壳公司老板，经常卷款潜逃，禁令或履约保证金能够确保对马特奥做出有罪判决时，还有资产可作抵押。

不过他很担心，尽管RICO法案相关指控在法庭上很容易被证明，因为它侧重于行为模式而不是犯罪行为。但是在许多情况下，根据RICO法案起诉也会给他们带来威胁，可能迫使马特奥·鲁索承认比较轻的指控，部分原因是扣押资产会使支付辩护律师费变得困难。这样一来，兰斯想重判马特奥·鲁索实现速战速决的战略，就会增加难度。

兰斯似乎看出了他的疑虑，又诡异地笑道："所以呢，他的犯罪活动模式就变得相当重要，一种犯罪模式是不够的，至少必须表现出两种犯罪模式，以及相同的受害者。真是天随人愿。马特奥·鲁索参与股票操纵诈骗，受害者是普通民众。他犯下的另一种罪行，就是敲诈勒索，受害者也是普通民众——"

他顿时恍然大悟。鲁索犯罪家族所控制的产业，伪装成企业摆得上台面的业务，主要是建筑、服装和垃圾运输产业。他们在这些行业内，暗地里通过收取保护费和会费，来支配勒索钱财。当鲁索家族垄断这些行业时，从公园大道400号——一幢能俯瞰整个中央公园的摩天住宅大楼，每年托运垃圾造成业主损失150万美元，相比之下，如果业主们寻求竞争性投标的话，每年需要支付他们15万美元，敲诈勒索罪是铁打实的。

因此，他未等兰斯把话说完，便连忙抢先说："兰斯，我明白了。

你放心吧，我一定会在诉讼时效内，把马特奥·鲁索捉拿归案。"

今天，他终于手持法官签署的搜查证和逮捕证，面对马特奥·鲁索念完米兰达警告。

他的话音刚落，一名同事"喀嚓"给马特奥戴上手铐，其余的人不管三七二十一地动手查封电脑，把书房抽屉和橱柜翻了个底朝天，所有文件资料全都放进纸箱内，一箱一箱被搬到庭院门口。

院子内外挤满了人，乌压压的一大片，他们大多是马特奥的手下，他们的脸上满是愤怒，充满了杀气。马特奥的家人们夹杂在他们中间，脸上满是震惊之色，小孩子们"呜呜"地都哭成了泪人，女人们骂骂咧咧不停地哄孩子。办案员丝毫不为所动，他们把纸箱搬上院门外的5辆汽车上，那是纽约地检处开来的SUV。

贝尔·罗斯溜出书房，跌跌撞撞走到院子，见了这番混乱的场景，立刻掏出手机。他一边拨号，一边低声说道："彼得，快跑，这里出大事了。"

电话那头，彼得声音沙哑，有些绝望地说："贝尔，来不及了，这群穷酸混蛋，穿着乞丐一样的西服，他们已经来了。你赶快去找迈克，我想回家，越快越好。请跟南希说一声我没事，拜托了。"

罗斯屏住呼吸，喃喃地回答说："嗯，好的。"然而，同时听见那边办案员的嘲讽："好吧，彼得，带上你的律师团队。我倒要看看，他们怎样为你开脱罪名？走吧，别磨蹭了！"

罗斯深深地吐了一口气。一夜间，他为之效忠的两个老板，全被刑事拘留，此时还真有些失了方寸。好在他已获得教父的指示，尽快通知大律师迈克·杰弗森来保释他们，后续事宜自然会有办法解决的。

这样一想，罗斯绕开混乱的院子，从后门溜走了。

在马特奥·鲁索的书房里，亨利·加德纳亲眼目睹教父被带走，震惊之余，脸色变得凝重起来。

他丢下手忙脚乱的弗朗西斯，快步走出书房，不一会儿，便来到大街上。他穿过马路，确定四周没有人，掏出手机拨了个号码，然后压低声音说："丹尼，情况突变。"

"怎么了？"

"马特奥·鲁索被带走了。"

"你打算怎么办？"

亨利的声音压得更低了："Tail Survival（断尾求生）！马特奥已经暴露身份，史蒂夫盗走了他的秘密资料，现在保证组织不受损失的唯一办法，杀了'前时空'的洛伦佐·鲁索，把他的意识穿越过去。我们不用担心史蒂夫，此人有超人的记忆力，价值太大了，只要控制了徐丽丽，他就跑不了。"

"你想让马特奥人间蒸发？"

"没错。这样史蒂夫盗走的秘密，就没有价值了。而且我们的时空穿越试验，需要一个实验对象，马特奥是最合适的人选，他绝不会泄露组织秘密。徐丽丽的父母是怎么死的，一定不能泄露出去。马特奥被盯上了，在这里也就失去利用价值。人一旦没有利用价值，就该丢弃。"

亨利说完收起手机，从口袋里掏出钥匙一挥，"嘟"的一声，路边的奔驰车门开了。他一屁股坐进驾座，启动马达，车子随之飞驰一般，向着高速公路的方向行驶。

尾 声

　　纽约州最高法院，坐落在曼哈顿下城的中央大道60号，高而宽广的台阶直抵法院正门，大型的科林斯式廊柱撑起一面三角形山墙，上面刻有众多的花岗岩浮雕，其中三座雕像是法律、真理和公平，一条带状楣上刻着一句话：正义的司法管理是运行良好的政府最坚定的支柱。

　　纽约州最高法院拥有无限的民事和刑事管辖权，在两个重要方面几乎与所有其它州完全不同。它既是一个初审法院，又是一个上诉法院，管辖着全纽约州的大法庭。

　　马特奥·鲁索聘请的律师团队，与兰斯和法官经过讨价还价，支付了巨额的保释金，最终获得庭外候审。

　　马特奥跨着大步走出法庭，也不理会跟在后面的律师，心里正暗自得意呢。一辆汽车疾驰而来，戛然停在中央大道的路边。待马特奥靠近后，车门"啪"地一声打开，下来两个彪形大汉，一左一右把他塞进车后座，车门一关，一溜烟地飞驰而去，最终淹没于喧嚣和嘈杂声中，没了踪影。

　　人啊，即使爬上了喜马拉雅山顶，坠落也是一瞬间的事情！

亨利·加德纳哪里知道，由于徐丽丽无意中泄露天机，破坏了她这个时空的正常运行，一条断裂的时间线，一个不同的决定，不管是大是小，一个接着一个的时刻、一个接着一个的选择，由于没有交集，所有相关的事情都将变得不同：

徐丽丽遭遇意外的时间提前了；史蒂夫和詹姆斯被人跟踪，前后相差40天；徐长江设在"烙铁大厦"的实验室，已经秘密地转移到纽约大学地下室，而不是哥伦比亚大学。显而易见的，马特奥·鲁索的命运与"前时空"的洛伦佐·鲁索，也存在着天大的差异……

而知晓这一秘密的徐黄河、埃伦、史蒂夫，以及徐长江、吉姆、詹姆斯和徐丽丽，此时全都聚集在纽约大学地下室，通过大荧屏商议拯救徐丽丽的新方案。

徐长江心里非常清楚，即使史蒂夫和詹姆斯记忆力超群，但要找出"后时空"变化的差异，再整理出一条新的时间线，已经不可能了，同时，徐丽丽在"前时空"剩下的时间已经不多了。

幸好，埃伦找到了解决问题的方案，只是必须得到当事人的同意。因为实验证明了，他们可以采用"全息传真"的方法复制信息，来挽救徐丽丽的生命。

在两个不同的时空中，安装一套多维全息传真机，在徐黄河的实验室里，用传真机将徐丽丽全身扫描一遍，以此获得全部信息，包括组成她身体的每一颗粒子的每一个形态，包括脑神经储存的全部信息，然后再将这些信息转换成可以跨时空交流的编码——已经破译了暗物质、暗能量的编码传真过去。

而"前时空"的传真机在接受了这些粒子后，会按照编码把徐丽丽拼接出来，这就意味着徐丽丽躺在实验室的本体，在传送过程中会死亡。因为她身体的信息内容已经出现在"前时空"，这样信息在传送后不会生成两份完全相同的"文件",这是人类历史上第一次大胆的实验设想。

徐长江想到此,望了一眼身旁的徐丽丽,然后看着荧屏上的徐黄河说:"徐丽丽可以永远留在'前时空',不过风险巨大,不知道你们是否会同意?"

徐黄河毫不犹豫地说道:"只要丽丽能摆脱危险,任何方法都值得试一试。你说呢,丽丽?"

徐丽丽用依恋的眼神望着詹姆斯,又不舍地看着荧屏上的史蒂夫,叹了口气,说:"我同意。"

徐长江和埃伦相视一笑,释然了……

2016年04月06日初稿

2017年12月24日第二稿

2018年10月31日第三稿

2019年03月14日第四稿

图书在版编目（CIP）数据

超时空拯救 / 雪城小玲，陈思进著 . -- 北京：北、京时代华文书局，2019.8
ISBN 978-7-5699-3108-2

Ⅰ . ①超… Ⅱ . ①雪… ②陈… Ⅲ . ①推理小说－中国－当代 Ⅳ . ① I247.5

中国版本图书馆 CIP 数据核字 (2019) 第 141890 号

超 时 空 拯 救

CHAOSHIKONG ZHENGJIU

著　　者 | 雪城小玲　陈思进

出 版 人 | 王训海
责任编辑 | 邢　楠　郭玉平
装帧设计 | 奉尘工作室　迟　稳
责任印制 | 刘　银　范玉洁

出版发行 | 北京时代华文书局 http://www.bjsdsj.com.cn
　　　　　北京市东城区安定门外大街 136 号皇城国际大厦 A 座 8 楼
　　　　　邮编：100011　电话：010 - 64267955　64267677

印　　刷 | 固安县京平诚乾印刷有限公司　0316-6170166
　　　　　（如发现印装质量问题，请与印刷厂联系调换）

开　　本 | 880mm×1230mm　1/16　　印　张 | 13.5　　字　数 | 167 千字
版　　次 | 2019 年 8 月第 1 版　　　　印　次 | 2019 年 8 月第 1 次印刷
书　　号 | ISBN 978-7-5699-3108-2
定　　价 | 49.80 元

版权所有，侵权必究